图书在版编目（CIP）数据

古代诗词名句赏析 / 陈元龙，常新编著. --西安：三秦出版社，2017.9（2018.3重印）

（中华经典国学口袋书 / 徐喜平主编）

ISBN 978-7-5518-1544-4

Ⅰ. ①古… Ⅱ. ①陈… ②常… Ⅲ. ①古典诗歌 - 名句 - 诗歌欣赏 - 中国 Ⅳ. ①I207.22

中国版本图书馆CIP数据核字（2017）第194244号

出 品 人　支旭仲
项目策划　匡俊英　白忠平
责　　编　朱孟娟
封面设计　陈　非
版式设计　高东海
内文排版　白英华

出版发行　陕西新华出版传媒集团　三秦出版社
地　　址　西安市北大街147号
电　　话　（029）87205121
网　　址　http: / / www.sqcbs.cn

规　　格　720mm × 910mm　1/32
　　　　　印张7　彩插7　字数66千字
印　　刷　西安新华印务有限公司（独家承印）
版　　次　2017年9月第1版　　2018年3月第2次印刷
标准书号　ISBN 978-7-5518-1544-4
定　　价　18.00元

凡有缺页、倒页、脱页，可与工厂直接调换。电话：029-84273850

出版说明

中华文明源远流长，上下五千年，圣贤相继，英才辈出，他们殚精竭虑、呕心沥血，为后人留下了一部部经典作品。这些“经典”如同金砖玉瓦，构建成了一座金碧辉煌的殿堂，我们称之为“国学”。其内容宏富，博大精深，可谓是中华思想文明的浓缩，中国传统文化的精髓，是先贤遗留下的宝贵精神财富，值得好好传承和大力弘扬。越来越多的人们认识到其价值，读国学、诵经典的热潮正在蓬勃兴起，既有数字阅读的风生水起，更有坚守或者回归传统纸质阅读的蔚然成风。

读纸质书，无疑有着其他阅读方式所无法比拟的独特体验，一册在手，可以边读边做批注、写札记、勾画重点，也可以掩卷深思，细细品读。这种探究式阅读方式，有利于人们学习知识、启迪智慧、提升修养、提高境界，也有利于培养孩子们安静学习、锤炼思想、闻着书香做学问的良好习惯。

为了倡导全民阅读，特别是推进纸质阅读，营造爱书、品书氛围，同时考虑到当下人们的生活日趋丰富多彩且节奏加快，闲暇时间越来越碎片化，读书时间相对减少，我们从浩如烟海的国学经典中精心遴选了80部，并对书的内容作了适度精简，编辑出版了“中华经典国学口袋书”系列丛书，希望吸引更多的人回归传统阅读，重视国学经典。“口袋书”，顾名思义就是可以放在口袋里的书籍，其目的就是为读者奉献易于携带、便于翻阅、开卷有益的精神食粮。使他们于居家出行、茶余饭后，随时信手展读，含英咀华，增知怡情。

本丛书涵盖了经史子集、诗词曲赋、笔记信札、经典名句赏析，可谓贯通古今、包罗万象，能够最大限度满足各层面读者的阅读需求。书中既有对照古籍原文的“白话文”，又有介绍典故出处、时代背景、人物事迹等辅助阅读的“注释”，还配以帮助读者理解和提高的“赏析”。使对国学造诣程度各异的读者都可以做到读通、读懂，真正做到了老少皆宜、雅俗共赏。

这套书不仅在内容上编排严谨、注解精当；在外观上也充分彰显书籍之美，版式新颖，设计考究、印装精美，必定会成为您工作生活中的良师益友，带给您全新的阅读感受。

前　言

长久以来，诗歌、散文、戏曲、小说，像四道江河，并排浩浩荡荡地奔流在中国大地。其中，诗歌是我国文学发展过程中产生最早的样式之一，又是文学中得到最充分发展的体裁。起初，《诗经》《楚辞》并称，一富写实精神，一带浪漫气息，构成了诗歌历史长河的两大源头；历经汉魏风骨、齐梁声律，至唐，在集大成的基础上，超迈前贤，成诗歌之盛世，蔚为壮观；其后的宋诗，虽不似唐诗的典雅丰腴、意气浩然，然亦瘦劲冷峭、精细澄澈；与此同时，唐宋词以她姹紫嫣红、千姿百态的丰神，与唐宋诗争奇斗妍；元明清三代，以戏曲和小说为主，诗词成就虽不及唐宋，但就具体诗人而言，也还有一些好的作品可供后人欣赏。两千多年来，古典诗词所体现的进步的思想性和卓越的艺术性，无疑是民族文化的精髓和人文精神的灵魂。

本着对优秀传统文化的传承和对人文精神的弘扬，从广大读者欣赏古典诗词的需要和提高学生人文素质的需要出发，我们编写了这本《古代诗词名句赏析》。

古代诗词如同浩瀚的海洋，如何在有限的时间内从中获得最大的收益？“沉浸醲郁，含英咀华”是一种好的方法。本书所选名句或摹山范水、或咏物吊古、或抒情言志、或揭示哲理，正是古代诗词中的“英”“华”。

“奇文共欣赏，疑义相与析。”相信每一个徜徉于诗词海洋的人都会有自己的种种感受，或与他人相同，或为个人独有。本书所选佳句相对于整个古典诗词，只能是挂一漏万；我们所做的赏析，相对于专家学者的研究，也只是烛火微光。但只要能给大家一些启发和帮助，也就感到十分欣慰了。

目　录

先秦诗歌名句

一日不见，如三秋兮。

【出处】

选自《诗经·王风·采葛》。

【赏析】

三秋：即三年。一年有一秋，三秋即三年。一天不见，就像隔了三年那么长久。原诗是一首情诗，描写的是对恋人的深切思念。相恋中的两个人儿虽然只有一天没有见面，但是由于热恋中的那股热乎劲儿及特殊的心理感受，相隔的实际时间就化为了心理时间，仿佛如隔三秋。正是因为对抒情主人公的心理时间做了精彩的表现，从而使灼热如火的恋情得到了非同一般的表达。

巧笑倩兮，美目盼兮。

【出处】

选自《诗经·卫风·硕人》。

【赏析】

倩：笑靥美好。盼：眼目黑白分明。原诗通过对“硕人”高贵出身和出嫁场面的描述，赞颂其容貌的美丽。这两句写其俊俏的脸蛋笑得很美，眉眼转动得令人销魂。它之所以能够成为脍炙人口的名句，妙处绝非“化静为动、化美为媚”就可以穷尽。比较《长恨歌》中的“回眸一笑百媚生”就可看出：两句的关键都在于写出了“硕人”的神韵与风度，而不在于写出了佳人的美貌。后人也多用这两句来形容女性的神态美，曾高度评价其“生动之处，《洛神》之蓝本也。”

投我以木桃，报之以琼瑶。

【出处】

选自《诗经·卫风·木瓜》。

【赏析】

琼瑶：指美玉。两句意即你送给我蜜桃，我回赠你美玉。“投”和“报”是爱情的一种含蓄表达方式。“投”又写出了姑娘的热情、活泼、可爱，“报”则写出了小伙子的忠厚。原诗是一首情人间相互赠答的话，表达了还赠礼物并不真是为了还报，而是表示永远与他相好的意思。后人对这两句诗加以引申和拓展，常用来表示自己对别人盛情的回报。

青青子衿，悠悠我心。

【出处】

选自《诗经·郑风·子衿》。

【赏析】

衿：衣领、衣带。原诗描写一位女子对恋人的思念之情。这两句是说姑娘的心因思念情郎而悠悠然。正因为“青青子衿”在姑娘眼前不断闪现，以致刻骨铭心，才使姑娘对情郎的思念呈现出了绵绵不已的状态。这两句非常逼真地把热恋中的姑娘的含蓄、多情的心态刻画了出来，可谓淋漓尽致。后来“青青子衿”又引申为高士、贤才，曹操在《短歌行》中就曾用这两句诗表达他对天下贤才的渴望。

昔我往矣，杨柳依依；今我来思，雨雪霏霏。

【出处】

选自《诗经·小雅·采薇》。

【赏析】

这两句被公认是古今有名的对句。实对实，虚对虚，无一字不工。虽然“我”字出现了两次，但并不以辞害义，更见朴实与自然。“杨柳”对“雨雪”，“依依”对“霏霏”，并列词对并列词，叠音词对叠音词，读来风致嫣然。昔往今来的物态人情，都在这对偶形式中鲜明地表现了出来。同时，这两句以“乐景写哀，以哀景写乐，一倍增其哀乐”。去时堪悲，正值杨柳依依，春景宜人；来时应乐，又值雨雪霏霏，令人伤感。这种反衬手法的使用，使哀、乐之情，更加强烈。

所谓伊人，在水一方。

【出处】

选自《诗经·秦风·蒹葭》。

【赏析】

原诗描写诗人所思念的人近在河水对面，但由于受阻，总是可望而不可及，表达了抒情主人公对伊人的深刻的思念。意即我那心上人儿，她近在水的另一方，却难以相见欢爱。其实“在水一方”并不一定实指具体的方位与地点，它只是隔绝不通的一种象征。

窈窕淑女，君子好逑。

【出处】

选自《诗经·周南·关雎》。

【赏析】

好逑：美好的配偶。本句意即：美貌贤淑的女子，男子都会爱慕她、追求她，把她作为自己美好的配偶。原诗是一首情歌，描写一位男子对一位采荇菜女子的爱慕和追求。这两句诗被用来形容青年男女热切的爱情。鲁迅曾经调侃地将这两句译为“漂亮的好小姐呀，是少爷的好一对儿”。其实，淑女和君子的身份并不重要，关键要体会到君子对喜爱之人的执着追求，“君子好逑”有“孜孜以求美好伴侣”之意，而不是轻佻行为。

身既死兮神以灵，魂魄毅兮为鬼雄。

【出处】

选自战国·屈原《国殇》。

【赏析】

诗人赞扬爱国将士们真是意志刚强、威武不屈，身体虽死而志不可夺！他们死而有知，英灵不泯，在鬼中也是出类拔萃的英雄。两句放在诗歌结尾，以义薄云天的慷慨之气，使全诗悲壮而不悲伤，令人振奋。宋代著名词人李清照有两句脍炙人口的诗句："生当做人杰，死亦为鬼雄"，就是由此化出。

路漫漫其修远兮，吾将上下而求索。

【出处】

选自战国·屈原《离骚》。

【赏析】

道路虽然漫长遥远，但我将竭尽全力上上下下去寻求探索。在《离骚》中，诗人为了寻求救国之道，以其崇高的理想、高洁的人格、强烈的情感和奇特的外貌，上下求索，表现出了强烈的爱国主义思想。这两句诗不仅高度概括了屈原奋斗不息的一生，而且高度赞扬了屈原强烈的爱国精神。后来，人们也将此诗作为励志名言。

两汉诗歌名句

大风起兮云飞扬，威加海内兮归故乡。

【出处】

选自汉·刘邦《大风歌》。

【赏析】

大风骤起啊白云飞扬，在声威遍及四海、天下归服之后，我将回到故乡。这两句诗概括了那个时代的风貌，凝聚了作者对故乡的感情。诗的基调是威武雄壮的，但字里行间透露着一种豪迈之气，在写景的同时能够情景相生，体现了刘邦内心深处由低贱变至尊的复杂微妙的情愫。

一顾倾人城，再顾倾人国。

【出处】

选自汉·李延年《佳人歌》。

【赏析】

这两句诗并没有从正面直接地描写美人的姿容是多么的绝世、风度是多么的迷人，而是用了衬托的笔法将美人的美写到了极致。她回眸看了一眼，百媚俱生，便倾倒满城的人；她再度瞻顾，眉目传情，美誉远播，就要倾倒了全国的人了。两句夸张渲染观赏佳人的盛大场面，给人以万头攒动、摩肩接踵瞻仰美人的生动景象，其感染力远胜于正面铺叙，手法极为巧妙。

瓜田不纳履，李下不正冠。

【出处】

选自汉《相和歌辞·君子行》。

【赏析】

意即经过瓜田，不要弯腰提鞋子；从李树下面走过，也不要抬手整理帽子。这样才能避免偷瓜摘李的嫌疑。后人常以“瓜田李下”比喻容易发生嫌疑的地方。作者意在提醒：君子要防患于未然，不要处于容易被人诬陷、诽谤、误解、猜疑的境地。

江南可采莲，莲叶何田田。

【出处】

选自汉《相和歌辞·江南》。

【赏析】

莲：与“怜”谐音。这两句用的是比兴手法，“采莲”有寻欢求爱的意思。江南采莲人大都是青年男女，他们在采莲时调情求爱的事极为常见。而第二句“莲叶何田田”，显然也是明写莲叶美丽，暗喻采莲姑娘人数众多、姿态丰美。这两句诗写的是男女之间调情求爱的欢乐之情，但写得却极其含蓄、委婉，耐人寻味。

生年不满百，常怀千岁忧。

【出处】

选自汉·无名氏《古诗十九首》（其十五）。

【赏析】

这两句是以嘲笑的口吻，指出常人的可笑。意思是说：每个人大都活不到一百岁，却往往为千年的事而担忧。原诗劝人要达观，要及时行乐，不可老为那些无益的事而日夜忧愁。

胡马依北风，越鸟巢南枝。

【出处】

选自汉·无名氏《古诗十九首》（其一）。

【赏析】

这两句用的是比兴手法。意即胡马依恋北方的风，越鸟巢居南边的树枝。禽兽尚且留恋故乡，何况有思想感情的人呢？言下之意是在说：胡马由于离开了北方，它才“依北风”；越鸟由于离开了南方，它才依恋“巢南枝”的岁月。我所想念的人为什么总不回家呢？这两句也常用来表示对故园祖国和对根的寻求怀念。

愿为双鸿鹄，奋翅起高飞。

【出处】

选自汉·无名氏《古诗十九首》（其五）。

【赏析】

这两句浅白的诗是相恋中的两个人的内心表白，他们希望能够化为鸿鹄，飞向天空，自由自在地翱翔。这虽是一种想象，却正是封建社会中冲决罗网、突破礼教藩篱的起点，尽管是渺茫的、单薄的、脆弱的，却是非常值得珍惜的。这里面不排除有那么一种神秘的、异性相吸的男女之情，而更多的却是追求解脱、渴望自由的思想感情。

魏晋诗歌名句

山不厌高，海不厌深。

【出处】

选自魏·曹操《短歌行》。

【赏析】

厌：嫌，满足的意思。意即山不满足已有的高度，海不满足已有的深度。曹操在这一首诗中用此两句比喻他渴求贤才、多多益善的思想。希望天下的仁人志士都能够归顺到自己帐下为己所用，也表达了曹操有一统天下的雄心壮志。

老骥伏枥，志在千里。

【出处】

选自魏·曹操《龟虽寿》。

【赏析】

老骥：指已衰老的千里马。千里马虽因衰老而蹲伏在马棚中，但它形衰志不减，胸中仍然激荡着驰骋千里的壮志豪情。诗人用这两句是为了形容“烈士暮年，壮心不已”的胸怀和志向。“老骥”在此是曹操自我形象的化身，此时的曹操身体逐渐衰老，但他人老心不老，仍然豪气冲云霄，对自己的事业充满了信心。

生男慎莫举，生女哺用脯。

【出处】

选自魏·陈琳《饮马长城窟行》。

【赏析】

封建时代本重男轻女，如今生了男孩倒说不要去养活他，还是生女儿好，生女儿要用干肉（脯）去喂养她。出现这种反常现象的原因是因为男子要去筑城服苦役，必死无疑。这两句表现出来的思想和运用的手法与唐代杜甫的“信知生男恶，反是生女好；生女犹得嫁比邻，生男埋没随百草”四句诗有异曲同工之妙。

亭亭山上松，瑟瑟谷中风。

【出处】

选自魏·刘桢《赠从弟》（其二）。

【赏析】

这两句意即松柏耸立在高山之巅，来自山谷的大风不断侵袭，发出瑟瑟的声音，而松树依然亭亭如盖，毫不动摇。诗人以简畅之笔把松树的高大形象、自然属性描绘了出来，语句纯朴、形象率真，语势虽然平直，但却“气格自高”。

渴不饮盗泉水，热不息恶木阴。

【出处】

选自晋·陆机《猛虎行》。

【赏析】

盗泉：水名，在山东。恶木：指形状歪斜难看的树。两句写志士嫉恶如仇，慎于出处，不肯稍涉邪恶之嫌，能够见恶而远避，所以宁可忍渴也不饮盗泉之水，宁可受热也不肯息于恶木之下，表现出诗人高尚的节操。唐代王维的千古名句“息阴无恶木，饮水必清流”正是由此化出。

何世无奇才，遗之在草泽。

【出处】

选自晋·左思《咏史》（其七）。

【赏析】

这两句意即无论什么时代都有奇才，只可惜空有千里马而没有伯乐，才导致了人才大多被遗弃在草野之中的结局。这是诗人对历史和现实的深刻总结。特别要体会后一句中的“遗”字，它蕴含着作者辛酸的经历，显示了诗人年轻时只求上进、不知障碍、只知救国、不知世故等天真无邪的性格特征，也道出了诗人理想与现实矛盾的痛苦经历。

朔风动秋草，边马有归心。

【出处】

选自晋·王赞《杂诗》。

【赏析】

这是一首抒写久戍思归之情的诗歌。其中的这两句触景生情，景中见情。先以秋景起，描绘出一幅边地秋色图，北风呼号，草木凋零，萧条的旷野上，残败凄冷，无不令人触目伤情。连边关的战马也有思归之心。兽犹如此，人何以堪？必然会牵动征人对故园、亲人的思念。第二句由物及人，虽无一字写人，其中却自有人在，其涵义是相当丰富的。

何意百炼刚，化为绕指柔。

【出处】

选自晋·刘琨《重赠卢谌》。

【赏析】

这两句以“百炼刚”比喻自己过去久经战争考

验的坚强，以“绕指柔”比喻自己现在的柔弱。抒发了失意英雄末路的悲哀之情。这个比喻不仅准确地概括出诗人复杂的斗争经历及其变化，同时也在某种程度上概括出这一类型人物的人生规律，从而赋予这两句诗以普遍的社会意义，成为千百年来活在人民群众口头上的成语。

日月掷人去，有志不获骋。

【出处】

选自晋·陶渊明《杂诗》（其二）。

【赏析】

诗人感叹日月无情，抛人而去，虽抱壮心，却壮志难酬。“获骋”二字运用独特，“骋”乃施展之意，但同时令人联想到千里马驰骋的姿影，诗人终身抱负不得施展，不正和千里马终无驰骋之机一样令人扼腕吗？这两句放在诗歌的结尾部分，正是作者心志的抒发，有“卒章显其志”的效果。

白日掩荆扉，虚室绝尘想。

【出处】

选自晋·陶渊明《归园田居》（其二）。

【赏析】

白天常常关着柴门，室居自娱，心里没有种种的世俗杂念。说明诗人归田之后，就和上层社会断绝了交往。诗人从官场退隐田园之后，就断绝了和凡尘俗事的来往。他层层防范，躲避尘世惟恐不及，拒绝交往惟恐不远，摒弃俗虑惟恐不尽！两句写了作者归隐心志之坚决、之彻底。

刑天舞干戚，猛志固常在。

【出处】

选自晋·陶渊明《读山海经十三首》（其十）。

【赏析】

干戚：指盾牌和战斧。“刑天舞干戚”讲的是刑天操斧执盾与帝争神位，至死也不甘心失败的故事。据说刑天死后仍然挥舞盾斧勇斗敌人，表明他的壮志雄心始终如一、常存不灭。“猛志固长在”中的“固”字点明了刑天的“猛志”生来俱有，永不衰竭，无论是失败还是死亡都不能使其消减。这两句诗固然是在赞扬刑天的猛志，但又何尝不是借刑天的永不言败的精神来自策自励。

采菊东篱下，悠然见南山。

【出处】

选自晋·陶渊明《饮酒》（其五）。

【赏析】

这两句写诗人归隐田园之后，脱离羁绊，无拘无束，怡然自得。其中的“见”字用得极好，它精确地表达出诗人采菊之时，本非有意看山，可是抬头之际，山的形象忽然进入他眼中的情景，如果将“见”改为“望”，则神气全无。两句明在写景，实则抒情，情景交融，形成极高的意境。

结庐在人境，而无车马喧。

【出处】

选自晋·陶渊明《饮酒》（其五）。

【赏析】

这两句是说理，也是抒情。结庐（造屋）于人境（人世）就免不了人世交往的纷扰（即车马的喧闹），而诗人去并没有喧嚣的感觉。为什么能够如此呢？那是因为“心远地自偏”。心灵既然远远地摆脱了世俗的束缚，那么身处喧境也就和居偏僻之地一样了。这两句写出了陶渊明归家之后，彻底和世俗官场断绝往来的情景，真正做到了心静、意真、志坚。

猛志逸四海，骞翮思远翥。

【出处】

选自晋·陶渊明《杂诗》（其五）。

【赏析】

骞：飞举的样子。翮：翅翼上的硬翎。翥：即飞翔。这两句抒发诗人少年时的远大志向：其雄心大志可以超越四海，渴望能像雄鹰一样展翅翱翔。“骞翮思远翥”形容少年时的抱负如健羽展翅掠空远翔。其笔力之雄健、感情之奔放可谓旷代所罕见。

【汉宫春晓】卷 局部［清］院本 中国台北故宫博物院藏 58－1

【汉宫春晓】卷 局部 [清] 院本 中国台北故宫博物院藏 58-1

南北朝诗歌名句

云日相辉映，空水共澄鲜。

【出处】

选自南朝·谢灵运《登江中孤屿》。

【赏析】

这两句写登高所见。白云丽日，交相辉映；碧空绿水，上下澄澈。天气晴朗，环境清幽，景物鲜丽，美不胜收，十分清晰地表现出所登之地孤屿的“媚”态。这是谢灵运写景的名句之一，但“管中窥豹，可见一斑”，亦足以代表他“自然可爱”的诗歌特点。

林壑敛暝色，云霞收夕霏。

【出处】

选自南朝·谢灵运《石壁精舍还湖中作》。

【赏析】

两句中的“敛”“收”二字的使用使描写的自然景象染上了浓重的主观色彩。林壑在执着地伫望游子远去的小舟，而暮色却毫不容情地将它“敛”去；云霞那么痴情地伴着诗人的归途，而浓暗的黄昏气氛却偏偏将它驱走。在这里，林壑、云霞都被赋予了人的意念；而客观的时光流逝、夜幕降临，都好似不近人性。这种拟人手法的运用能很细腻地传达出萦绕在诗人心中的那一缕留恋之情。

江南无所有，聊赠一枝春。

【出处】

选自南朝·陆凯《赠范晔》。

【赏析】

诗句表面上的意思是江南再无什么可送好友的东西了，姑且赠上一枝梅花吧。而深一层的意思却是江南再没有任何东西比这枝梅花更值得送你了。他送去的不仅仅是一枝梅花，而是一股春意、整整一个春天、一种好友间最纯洁的最真挚的友情。“无所有”“聊”字又把诗人那种身处异地、寂寞无聊因而更加思念老友的心情隐隐约约地表现了出来。

丈夫生世会几时？安能蹀躞垂羽翼！

【出处】

选自南朝·鲍照《拟行路难》（其六）。

【赏析】

蹀躞：小步行走的样子。蹀躞垂羽翼，形容失意委屈的生活状态。诗人对这种生活表现出了无比的愤慨和不满，所以，用“安能”两个字发问，在豪迈之中充溢着一股苍凉悲壮之气。人生于世，能有几时？大丈夫岂能唯唯诺诺、无所作为地终其一生？这两句既是陶渊明“岂能为五斗米折腰向乡里小儿”不屈呼喊的继响，也开了李白“安能摧眉折腰事权贵，使我不得开心颜”绝唱的先声。

心非木石岂无感，吞声踯躅不敢言。

【出处】

选自南朝·鲍照《拟行路难》（其四）。

【赏析】

人非草木，孰能无情？尤其是在抑郁不平面前岂能无动于衷？但是诗人却“吞声踯躅不敢言”，而没有把自己心中的愤怒倾泻出来。吞声并不是无声，踯躅也不等于冷静，不敢言更不是无话可说。诗人只不过把满腹的激愤和悲恸深埋在心底，用更加痛苦的沉默的方式，来反抗残酷现实的折磨和打击而已。

对案不能食，拔剑击柱长叹息。

【出处】

选自南朝·鲍照《拟行路难》（其六）。

【赏析】

诗人面对食案上的美食，毫无胃口，难以下咽，可想而知其心情的沉重。而接着又拔剑击柱，足见其心中的悲愤有多么强烈。“拔剑”和“击柱”两个动作，雄迈慷慨，接之以“长叹息”三字，给人一种无可奈何的巨大压迫之感，令人窒息。这两句抒发的感情突如其来，骤然而起，准确地刻画出了诗人矢志不渝的痛苦的内心世界。唐代李白的“停杯投箸不能食，拔剑四顾心茫然”所表现的思想情感和所采用的手法正与此两句诗有异曲同工之处。

日华川上动，风光草际浮。

【出处】

选自南朝·谢朓《和徐都曹》。

【赏析】

一轮红日徐徐升起，万道霞光洒向江面，江水滔滔，波光粼粼，仿佛阳光在水面上泛动着。青青原上草，沐浴着火红的朝霞，在晨光春色中，洋溢着勃勃生机，犹如春日风光浮现在青草绿叶上一样。本来，阳光是无“动”感的，“风光”亦为虚景，但作者却能别具匠心，通过江水泛动，写出“日华”的“动感”，又通过春草这一具体物象准确地“浮”现“风光”。这一“动”一“浮”之间，惟妙惟肖地描绘出了一幅清鲜明丽、细腻新颖的京郊晨景。

叶低知露密，崖断识云重。

【出处】

选自南朝·谢朓《移病还园示亲属》。

【赏析】

这两句写黎明景色。树叶因露水浓重而低垂，这是近景；山崖因凝结的云雾横抹山腰而看似断折。“露密”“云重”是根据生活经验才“知”、才“识”的，是间接悟到的。正因为有此生活常识作答案，在结构上诗人才以直接看到的“叶低”、“崖断”来提问，在自问自答中更增加了黎明朦胧景色的神趣。

江南佳丽地，金陵帝王州。

【出处】

选自南朝·谢朓《入朝曲》。

【赏析】

“江南佳丽地”从地理形势着笔，是说山川秀丽、物产丰饶。“金陵帝王州”从历史变迁落墨，是叙金陵在秦始皇时，即被望气者称为“有王者之气”，而从三国孙吴到南朝齐，已有四个朝代建都于此，所以金陵作为帝王之州历史悠久。这两句不仅高度赞颂了风光秀丽的江南佳丽地，而且记叙了江南辉煌、悠久的帝都历史。

远树暖阡阡，生烟纷漠漠。

【出处】

选自南朝·谢朓《游东田》。

【赏析】

诗人登上高台，极目远眺。远处的古树修竹，蓊郁葱茏，白雾素烟，迷濛一片。这两句诗中有画、画中有诗，极具诗情画意。人们在赞叹之余，不由得联想起陶渊明的“暧暧远人村，依依墟里烟”的名句，虽然意境不同，却同样引人心驰神往。这两句写的是浓阴淡翠、烟雾轻笼的远景、大景、静景，目的是为了衬托后面的“鱼戏新荷动，鸟散余花落”的近景、小景、动景。

余霞散成绮，澄江静如练。

【出处】

选自南朝·谢朓《晚登三山还望京邑》。

【赏析】

这首诗选择从山上眺望的角度来描写南京的全

景。“余霞散成绮，澄江静如练”这两句深得诗人李白的赞赏。因为这两句设喻奇妙贴切，把散开的晚霞比作织绵，把澄澈的江流比作素绢，达到了天光水色、浓淡相映的景象，创造了引人入胜的优美意境。李白的“解道澄江静如练，令人长忆谢玄晖”即出于此。

非君不见思，所悲思不见。

【出处】

选自南朝·谢朓《别王丞僧孺》。

【赏析】

这是一首送别诗。“非君不见思，所悲思不见”，意即今天并不是因为您将要离开了才如此思念的，真正悲伤的倒是相思心切时却不能够相见。关山此别，也许一去不返，也许魂守异乡，怎能不叫人肝肠寸断、潸然泪流。诗人这两句写情手法高明，紧紧抓住了离别时瞬息间的感受和思绪，言语真切，催人泪下，因而成为千古流传的精辟佳句。

鱼戏新荷动，鸟散余花落。

【出处】

选自南朝·谢朓《游东田》。

【赏析】

水塘里，游鱼戏逐，碧水成纹，新荷轻摇，微风送香；树林间，众鸟惊鸣，四下分散，落英缤纷，清幽芬芳。这两句中构想的“新荷”、“余花”两个意象非常成功，不仅生动凝练地呈现出“莲叶何田田，鱼戏莲叶间”的江南初夏景象，而且使人仿佛嗅到了群芳飘散的阵阵馨香。由于此联刻画得细致入微，生动地表现了大自然中所蕴含的美，所以历来为人们所传诵。

秋河曙耿耿，寒渚夜苍苍。

【出处】

选自南朝·谢朓《暂使下都夜发新林至京邑赠西府同僚》。

【赏析】

这两句之所以是佳句，不仅仅是因为其对仗工整，主要原因还在于其能够情景交融、情景相生。耿耿发亮的秋夜银河，苍苍沉寂的秋水寒渚，活像一幅笔墨淋漓、气韵生动的秋夜江行图。在这幅图画里，字里行间又晕染上了一层诗人的悲凉之感，因而诗景中融进诗人的真感情，也是整首诗的一大特色。

云色被江出，烟光带海浮。

【出处】

选自南朝·江淹《从萧骠骑新亭垒》。

【赏析】

全诗内容上虽无甚可取之处，但艺术上却很有特色。这两句写景，不仅意境开阔，而且用字也很讲究。从新亭望去，月色中水天相接处江面宽阔如海，弥漫着层层烟雾云霭，似乎整个江面都被覆盖了。水波荡漾，上面烟霭也随之起伏，好像是烟光从江上缓缓升起，又好像是烟光带动水波浮荡。“带海浮”的“带”字用得极为贴切生动，一下子给人无尽的想象空间。

袖中有短书，愿寄双飞燕。

【出处】

选自南朝·江淹《杂体诗》（其二）。

【赏析】

作者欲将袖中的短信寄予双双飞翔的燕子，无疑是想给远方的人道一声珍重，报一声平安，以了却无尽的牵挂。燕子在古诗中经常被视为信使，而且，幸福双飞的燕子，应能体会孤零之人的凄凉心境吧！这两句相当朴实，是主人公心理的自然流露，也是久隔相思，却无音讯所产生的一种愿望。

共盈一樽酒，对之愁日暮。

【出处】

选自南朝·虞羲《送友人上湘》。

【赏析】

这两句写的是与友人饯别时的无尽惆怅之情。小船上饯别，两位好友相对，难免有不尽的离愁别绪。因而，他们面对着互相斟满的一樽酒，惆怅嗟叹，一直到日暮。这两句摹情绘景，写得极妙。樽酒而至日暮，可以见出他们被离愁压抑、无心饮酒的情态。以“日暮”之景，而对不尽愁情，那别离的悲愁气氛就显得更浓。

沅水日生波，芳洲行坠露。

【出处】

选自南朝·虞羲《送友人上湘》。

【赏析】

这是一首送别诗。“沅水”指代沿途所历之水，“芳洲”指代沿途所经之洲。两句意为：你将看到那江水之上日日生波，你将亲历那洲上芳草的将落之露。这里写的虽是想象中的景物，却含有深意，即此去路上景色虽美，却不免有浪涛颠簸之险，风餐露宿之苦。以乐景写哀情，表达了诗人对友人前程的不尽忧虑和关切。

阵云横塞起，赤日下城圆。

【出处】

选自南朝·何逊《学古诗》（其一）。

【赏析】

这两句用形象而警策的对句对边塞壮丽的景观作了高度的艺术概括。陈列如阵的阴云从地平线上升起，横在天边，使人感到气氛沉重，颇有大敌压境之势，意味着边警之事。通红的太阳向城西沉落下去，显得格外大而圆，边城顿时光彩绚丽，预示着迎战前的乐观情绪与胜利信心。阵云横塞，圆日西沉，不仅光影交错对应，而且构图巧妙，一起一落，动态交互变幻，错落有致。一横一圆互相衬托，相反相成。

夜雨滴空阶，晓灯暗离室。

【出处】

选自南朝·何逊《从镇江州与游故别》。

【赏析】

这两句写的是诗人临行前与故友饯别的场面。夜雨在空寂无人的台阶上滴答着，夜深人静，雨声格外清晰。雨下了一夜，朋友们聚在一起直到天明，直到室内的灯光显得黯淡起来。离别前整晚的叙谈，是那么低沉、那么凝重，所以是从听觉感受到阶前夜雨，而不是视觉，从视觉感受到的不是东方破晓，而是晓灯昏暗。两句写景细致入微，有声有色，自然天成。表面是写景物，实际是写惜别之情，蕴藉、内涵丰富，故为文人所称赏。

野岸平沙合，连山远雾浮。

【出处】

选自南朝·何逊《慈姥矶》。

【赏析】

这是一首借描写长江暮色来临来抒发乡愁、乡思的名诗。其中的“野岸平沙合”“连山远雾浮”

两句，描写长江两岸沙岸平展，在暮色之中渐次分辨不出岸与水的界限，一个“合”字，形象地体现了暮色吞掩江岸的过程。近处相互连绵的群山，迷漫着雾霭，一个“浮”字，显示出夜雾笼罩着山峦的墨色山水图。

无人赏高节，徒自抱贞心。

【出处】

选自南朝·刘孝先《咏竹》。

【赏析】

诗人表面上是在题咏百寻之竹，实际上是借物以言志。本诗内涵丰富，意境深远。野竹长达百寻，昂然挺立，上拂云霄，卓而不凡，但它却不被世人所青睐。“徒自抱贞心”，为什么呢？因为它生在荒郊野外。诗中“节”“心”均紧扣竹子的自然属性，而冠以“高”“贞”二字，则又与人的品性关联，因此此诗便不限于纯粹的咏竹，而成借物以言心声了。

蝉噪林逾静，鸟鸣山更幽。

【出处】

选自南朝·王籍《入若耶溪》。

【赏析】

诗人以“蝉噪”“鸟鸣”这样能够引起人们特殊感受的音响来表现若耶溪山林的幽静，即以动写静，这在艺术上是一种创新。钱钟书言：“寂静之幽深者，每以得声音衬托而愈觉其深。”若耶溪的幽静，也正因诗人这一手法的运用而突出地表现出来。这两句所采用的表现手法对唐诗有很大影响，从孟浩然、王维、韦应物等人的诗中均可看到。

早知半路应相失，不如从来本独飞。

【出处】

选自南朝·萧纲《夜望单飞雁》。

【赏析】

这两句写失群孤雁的悲伤。早知道半途会与雁群散失，剩下自己孤苦零丁、形单影只，倒不如从来就是单飞。没有过同飞蓝天、比肩齐翼的经历，没有过友爱、温暖的体会，就没有对比，就不会感觉如此孤独，难以忍受。这两句其实表现出对人生的伤心和绝望，诗人把对命运的无可奈何，采用拟人化的手法从孤雁口中道出，与其说是人对雁的悲悯，不如说是雁代人在哀叹。

行舟逗远树，度鸟息危樯。

【出处】

选自南朝·阴铿《渡青草湖》。

【赏析】

逗：停留、停止。危：高的意思。这两句是写停舟所见之特殊情景：渡船停在那远离绿树的地方，那些飞越湖面的小鸟栖息在高高的桅杆上。人何以停舟？鸟何以驻足？除因湖面过大，不可一日渡过之外，大约是天色骤变、风涛将起的原因吧！两句中的“逗”“度”二字用得很有新意。一个“逗”字就让读者对诗人当时的生活情景和前途状况产生了无尽的想象。

远戍唯闻鼓，寒山但见松。

【出处】

选自南朝·阴铿《晚出新亭》。

【赏析】

这是两句倒装诗，正确的顺序应为“唯闻远戍鼓，但见寒山松”。意思是说在微茫天色中，只能听到远处驻军戍所传来的阵阵鼓声，只能看到那萧瑟的山头上片片苍松。“寒山”二字，用得极妙，不仅使人看到秋山万木落叶的萧瑟景象，而且读来亦使人顿生寒意，感受到了寒秋的肃杀。远处传来的戍鼓声，也不禁使人想到战争的不断与惨烈。这一“闻”一“见”之间，包含了多少凄寒啊！

潮落犹如盖，云昏不作峰。

【出处】

选自南朝·阴铿《晚出新亭》。

【赏析】

这是一首即行诗。因为是“晚出新亭”，所以写得就是傍晚的水、傍晚的云。虽已是傍晚，本当水静潮落，但是江面上波涛依然很大，有如千军万马般铺天盖地而来；天空已经昏暗下来，再也看不清秋云那犹如山峰倏忽般的变化了。日暮黄昏，落潮如盖，这是何等凄惨之景象，读此诗之人都不禁为诗人的行程焦虑担忧。

朝霜侵汉草，流沙渡陇飞。

【出处】

选自南朝·周弘正《陇头送征客》。

【赏析】

北国寒冷的早晨，严霜紧紧地包裹着汉草，寒气侵凌到小草的内部和根部。狂风推着黄沙在田野上流动，淹没了地垄，扬起漫天昏黄的沙尘。这就是“朝霜侵汉草，流沙渡陇飞”描摹出的荒冷肃杀的景象。两句用了比兴的手法，“汉草”在此代指百姓，“朝霜”“流沙”在此亦代指历代统治者。这两句抓住了时代的脉搏，准确而凝练地写出了大混乱时代的本质特征，寥寥十字就形象地概括了二三百年的历史。

莺啼落春后，雁度在秋前。

【出处】

选自南朝·何胥《被使出关》。

【赏析】

这两句诗用了变换的写作手法，本来莺歌燕舞正是春天的景象，大雁南飞也是在入冬之时，但诗人却偏说“莺啼落春后，雁度在秋前”，之所以这样安排时令是因为诗人认为黄莺会为春花凋落而伤感，大雁会为秋季将临而孤愁。其实诗人是利用“莺”“雁”的感觉来表现自己的感受，那就是美好时光的短暂。这种变换感觉的出现，实际上是因为诗人即将出关离别亲人的一种慨叹。

送君自有泪，不假听猿吟。

【出处】

选自北朝·郑公超《送庾羽骑抱》。

【赏析】

相传猿猴的叫声是很悲哀的。但诗人却说：凄厉的“猿吟”固然能催人泪下，但与亲密的朋友相别，面对此情此景忧伤的泪水自会夺眶而出，哪里还用得着借听“猿吟”而落泪呢！这两句诗的好处就在于它在前人作品的基础上翻出了新意，十分传神地表达了诗人对友人的真挚笃厚的感情。

芙蓉露下落，杨柳月中疏。

【出处】

选自北朝·萧悫《秋思》。

【赏析】

此诗是宫怨诗，描写的是宫女孤寂落寞的生活和怨苦无助的情怀。这两句是全诗最精彩的地方。意即宫女站在清波荡漾的池水边，耳听箫声，看到洒满露珠的芙蓉纷纷落下，柳树在月光下显得比夏日疏落了。上句是俯视所得，下句是仰观所见。在宫女俯仰之间，秋夜的萧散景色图画般地呈现出来。“落”“疏”二字，还给人以黯淡朦胧之感，暗示月下之人在百无聊赖之中伫立已久，又以光阴的流逝暗示此人青春的虚度，其孤寂、愁惨、怨悱之情则见于言外。

山明疑有雪，岸白不关沙。

【出处】

选自北朝·庾信《舟中望月》。

【赏析】

在月光的照耀下，山看上去就像蒙着一层雪，河岸亦像铺上了一层银沙。两句看似“离月”，实际上是紧扣月亮，从主体所产生的效果来烘托审美主体。其巧妙之处在“疑”和“不关”上，如果写成一般的比喻句，就显得平淡而缺少韵味。“疑”写出山被明月笼罩如雪一样白亮，“不关”表现出月光倾洒江岸，江岸如同白色沙滩一样。这两个词语的使用，使整句诗有了言有尽而意无穷的效果。

唐朝诗词名句

居高声自远，非是藉秋风。

【出处】

选自唐·虞世南《蝉》。

【赏析】

这首诗借咏蝉来托物言志。蝉声远传，一般人往往以为是借助于秋风的传送，诗人却别有会心，强调这是由于“居高”而自能致远的原因。这种独特的感受蕴含着一个真理：立身品格高洁的人，并不需要某种外在凭借，自能声名远播。这里以蝉来比喻君子，赞扬的是人格的美、人格的力量。

不知细叶谁裁出，二月春风似剪刀。

【出处】

选自唐·贺知章《咏柳》。

【赏析】

这细细柳叶、丝丝柳枝是谁用巧手裁出的呢？原来是二月的春风。在本诗中，作者把柳树化为美女，以碧玉状其柳叶，以绿丝绦状其柳枝，因细叶而发问“谁裁出”，由绿丝绦而引出答案“剪刀”，于是无形的春风被具体化、形象化了。正是这一拟人手法的运用，才使人们看到了初春的气息，感受到了春风的温柔。

少小离家老大回，乡音无改鬓毛衰。

【出处】

选自唐·贺知章《回乡偶书》（其一）。

【赏析】

这两句写诗人长久游宦而伤老思归的情怀。诗人置身于故乡熟悉而又陌生的环境之中，一路迤逦而来，心情颇不平静：当年离家，风华正茂；今日返归，鬓毛疏落，不禁感慨万千。第一句用“少小离家”与“老大回”的句中自对，概括出数十年客居他乡的事实，暗寓对华年已逝、一事无成的伤悲。第二句用“鬓毛衰”具体写出自己的“老大”之态，并以不变的乡音映衬变化了的鬓角，诗人虽久宦在外，但时刻不忘生养自己的故乡，乡音未改就是最好的证明，可是故乡已物是人非，故乡还记得我吗？从而为后两句儿童不相识的发问做好了铺垫。

羌笛何须怨杨柳，春风不度玉门关。

【出处】

选自唐·王之涣《凉州词》。

【赏析】

首句不说“闻折柳”却说“怨杨柳”，用语巧妙。玉门关外，春风不度，杨柳不青，离人想要折一枝杨柳寄情也不能，这就比折柳送别更为难以忍受。征人怀着这种心情听曲，似乎笛声也在“怨杨柳”，流露的怨情是何等强烈。“春风不度”，所以边地寒苦，更牵动了征夫的无限乡思离情。这两句写戍边者虽思乡但又不得还乡的哀怨，字里行间慷慨悲壮、激昂苍凉，表现出了盛唐时代人们的豪迈和广阔的心胸。

野旷天低树，江清月近人。

【出处】

选自唐·孟浩然《宿建德江》。

【赏析】

上句写日暮时刻，黄昏来临，野旷一片无垠的苍茫景色，似乎远处的天空比树木还要低些，其实不然，“低”和“旷”是相互依存、相互映衬的。下句写夜已降临，高挂在天上的明月映在澄清的江中，和舟中的人是那么近，“近”和“清”也是相互依存、相互映衬的。诗人远离家乡，日暮宿江，心里的忧愁可以想见！还好有一轮明月和他那么亲近，似乎从中可以得到些许慰藉。

玉颜不及寒鸦色，犹带昭阳日影来。

【出处】

选自唐·王昌龄《长信秋词》（其三）。

【赏析】

这是王昌龄非常有名的一首宫怨词。昭阳：汉时赵飞燕所居宫殿。日影：借指君王的恩泽。这两句用巧妙的比喻抒发宫女的怨情。意思即寒鸦从昭阳殿上飞过，身上还带有昭阳日影，而美人深居长信宫，君王却不曾幸顾，因而虽有洁白如玉的容颜，倒反不如乌鸦了。她怨恨的是：自己不但不如同类的人，而且不如异类的丑物。这两句诗以委婉含蓄的笔调表达了宫女们的自怜、自哀、自怨和自伤，读来让人十分同情。

忽见陌头杨柳色，悔教夫婿觅封侯。

【出处】

选自唐·王昌龄《闺怨》。

【赏析】

这是一首闺怨诗。陌头柳色是常见的春色，但诗人偏说是“忽见”，表象上很突兀，但考虑到景由情生这一点的话便可释然了。可能此时此刻的少妇看到大好春光便产生了惜春的情感，也就很自然的又联想起青春易逝，联想起遥隔千里的夫婿和当年折柳赠别，这一切想法都使得少妇从内心深处冒出以前从未明确意识到过而此刻却变得非常强烈的念头——悔教夫婿觅封侯。

洛阳亲友如相问，一片冰心在玉壶。

【出处】

选自唐·王昌龄《芙蓉楼送辛渐》。

【赏析】

此诗虽化用了南朝鲍照的“清如玉壶冰”诗句，但却翻出了新意。“冰心”在此比喻高洁清白的品格。王昌龄托友人给洛阳亲友带去的口信不是通常的平安竹报，而是传达自己依然冰清玉洁、坚持操守的信念。诗人当时正处于众口交毁的恶劣环境中，所以在此以晶莹透明的冰心玉壶自喻，他从清澈无瑕、澄空见底的玉壶中捧出一颗晶亮纯洁的冰心以给友人，这不比什么“花言巧语”的言辞更能体现诗人的深情吗？

黄沙百战穿金甲，不破楼兰终不还。

【出处】

选自唐·王昌龄《从军行》（其四）。

【赏析】

第一句的内涵十分丰富：征人戍边时间之长久、战事之多艰、环境之恶劣、士气之豪壮等，都在这短短七个字中概括无遗。“百战”而至“穿金甲”，更可想见战斗之艰苦激烈；第二句是身经百战的将士豪壮的誓言。金甲尽管磨穿，将士的报国壮志却没有消磨掉，而是在大漠风沙中更加坚定。这两句尽管写出了战争的艰苦，但给人最强烈震撼的却是诗人那满腔的豪情和不变的誓言。

寒雨连江夜入吴，平明送客楚山孤。

【出处】

选自唐·王昌龄《芙蓉楼送辛渐》。

【赏析】

这是一首离别诗。此两句写诗人与友人分手道别时的情景。寒雨连江，写迷蒙的秋雨笼罩着吴地江天，犹如无边无际的愁网，既渲染了离别的气氛，又道出了离人内心的凄凉。夜入吴中的“入”字状写秋雨雨势的平稳连绵，江雨悄然而来为诗人感知，暗示诗人因离情萦怀而一夜未眠。第二句写天色已明，友人即将登舟离去，诗人遥望江北远山，想到友人不久便将隐没在楚山之外，而自己只能像这孤零零的楚山一样，伫立在江畔空望着江水逝去，顿时孤寂之感油然而生。这两句以连绵的寒雨和孤独的楚山作为关照，让人体会到诗人此刻的凄凉与孤寂。

大漠孤烟直，长河落日圆。

【出处】

选自唐·王维《使至塞上》。

【赏析】

这两句写塞外奇特壮丽的风光，画面开阔，意境雄浑，被后人称为“千古奇句”。边疆沙漠，浩瀚无边，所以用了“大”字。边塞荒凉，没有什么奇观异景，烽火台燃起的那股浓烟就显得格外醒目，因此用了“孤”字。“孤”字写出了景物的单调，紧接着的“直”字又表现出它的劲拔、坚毅之美。沙漠上没有山峦林木，所以写河就用了“长”字。落日，本使人伤感，这里却用“圆”字形容，给人以亲切温暖而又苍茫的感觉。这五个形容词极其准确地再现了塞上的沙漠风光，并且在写景中融入了诗人的感情，寄托了诗人对塞上生活的深切感受。从这首诗的标题和诗中所表达的内容，我们也可以看出诗人被迫出使塞上的孤寂情怀。

劝君更尽一杯酒，西出阳关无故人。

【出处】

选自唐·王维《送元二使安西》。

【赏析】

这是王维的一首送别诗。在古代，大约凡是送别就离不开杨柳枝和几杯清酒，它们已成了离别的代名词。这两句诗，不仅有依依惜别的情谊，而且包含着对远行者处境、心情的深情体贴，包含着前路珍重的殷切祝愿。劝朋友“更尽一杯酒”，几乎想把自己对友人的声声祝福和种种体贴都融进那一杯清酒中。诗人喝的酒也许比说的话还多，这不仅不会显示他的寡情，反而正体现出了他的情深，从送别的场面中裁剪出这个片断，极其典型，给人以言有尽而意无穷的感觉。

【汉宫春晓】卷 局部 ［清］院本 中国台北故宫博物院藏 58－2

【汉宫春晓】卷 局部 [清] 院本 中国台北故宫博物院藏 58-2

竹喧归浣女，莲动下渔舟。

【出处】

选自唐·王维《山居秋暝》。

【赏析】

竹林里的阵阵欢声笑语，那是洗衣服的少女嘻笑着归来了；亭亭玉立的荷叶纷纷向两旁披开，那是顺流而下的渔舟划破了荷塘月色的宁静。在这青松明月之下，在这翠竹青莲之间，生活着一群无忧无虑的人们。这纯洁美好的生活图景，反映了诗人对安静纯朴生活的歌颂，同时也从反面衬托出诗人对污浊官场的厌恶。两句句式倒置，以动衬静，远近结合，显隐对照，体现出极高的技巧。

行到水穷处，坐看云起时。

【出处】

选自唐·王维《终南别业》。

【赏析】

“行到水穷处”，是说随意行走，不知不觉，竟来到流水的尽头，看是无路可走了，于是索性就地而坐；“坐看云起时”，是心情悠闲到极点的表示。云本来就给人以悠闲的感觉，也给人以无心的印象。通过这一行、一到、一坐、一看的描写，诗人此时心境的闲适也就显而易见了。王维的诗被誉为“诗中有画，画中有诗。”从这两句中亦可见一斑。它写出了诗人恬淡闲适、洒脱超然的情怀，给后人留下了无尽的向往。

独在异乡为异客，每逢佳节倍思亲。

【出处】

选自唐·王维《九月九日忆山东兄弟》。

【赏析】

诗第一句写得很沉重，一个“独”字、两个“异”字便把自己“茕茕孑立，形影相吊”的处境，凄凉地表现了出来，并且也为第二句思念家乡、亲人作了铺垫。“异乡为异客”，说的是客居他乡，但两个“异”字所造成的艺术效果却比一般的叙述强烈得多。他乡为客的思乡怀亲之情，平日也有，而一遇到“佳节”，就更容易爆发出来，并一发而不可收拾。因此，“每逢佳节倍思亲”中的“倍”字，就用得十分自然、贴切。这两句语言朴素无华，但表达出的情感却丰富深广，道出了天下普通大众的心声，故此千百年来为人传诵。

飞流直下三千尺，疑是银河落九天。

【出处】

选自唐·李白《望庐山瀑布》。

【赏析】

李诗的豪情无人能敌。此诗虽是写一条常见的瀑布，但一个“飞”字便把瀑布喷涌而出的景象描绘得极为生动，一个“直下”既写出山之高峻陡峭，又显出水流之急，那高空直落，势不可挡的情状如在眼前。“疑是银河落九天”，真是想落天外、惊人魂魄。遥望瀑布就如从云端飞流直下，临空而落，这就自然地联想到像是一条银河从天而降。想象是多么奇特、比喻是多么真切，顿时使瀑布的形象变得更为丰富多彩、雄奇瑰丽，既给人留下深刻的印象，又给人以想象的余地。

天生我材必有用，千金散尽还复来。

【出处】

选自唐·李白《将进酒》。

【赏析】

这是李白用来抒发自己怀才不遇的诗章。但他避免了以往大多数诗人的自怜、自伤，而是用乐观好强的口吻肯定人生、肯定自我，他的“天生我材必有用”是何等自信！就如同作者的价值宣言一样。作者从貌似消极的现象中露出了深藏其中的渴望有为的积极本质内容来。既然必有用，破费又算得了什么？“千金散尽还复来”，能驱使金钱而不为金钱所驱使，视金钱如粪土，令一切凡夫俗子咋舌。这种深蕴在骨子里的豪情，绝非装腔作势者能够学得！

云想衣裳花想容，春风拂槛露华浓。

【出处】

选自唐·李白《清平调词》（其一）。

【赏析】

这是一首高度赞美杨贵妃的词作。作者将花与杨贵妃交互在一起写，花即是人，人即是花，人面花颜浑融一片。“云想衣裳花想容”，可以理解为“云像衣裳花像容”，也就是见云就会想到衣裳，见花就会想到容貌，或者说把衣裳想象为云，把容貌想象为花。“春风拂槛露华浓”，进一步以“露华浓”来点染花容，春风吹拂着，美丽的牡丹花透出栏杆，带着晶莹的露水显得更加艳冶，同时也以风露暗喻君王的恩泽，使花容人面倍见精神。

长风破浪会有时，直挂云帆济沧海。

【出处】

选自唐·李白《行路难》（其一）。

【赏析】

会：一定。济：横渡。这两句基调激昂，并没有流露出李白从长安被排挤出的痛苦与矛盾，反而表达了李白对前途的无比自信。面对现实中“行路难”“多歧路”的困境，倔强而又自信的李白，决不愿表现出自己的气馁。他那种积极用世的强烈要求，终于使他再次摆脱了歧路彷徨的苦闷，唱出了充满信心与希望的强音。他相信尽管前路障碍重重，但终将有一天能够乘万里风、破万里浪，泛舟沧海，彰显英雄本色的。

今人不见古时月，今月曾经照古人。

【出处】

选自唐·李白《把酒问月》。

【赏析】

这两句是互文见意，含有“古人不见今时月”、“古月依然照今人”的意思。其实月亮只有一个，“今月”分明就是“古月”，诗人之所以会有这样的分别，是因为他在喟叹明月、宇宙的亘古与人类的短暂。不论是“古人”“今人”，在历史的长河中都会像流水一样很快地逝去。因此，人作为个体观看永久的明月，就有了“古人今人若流水，共看明月皆如此”的感受。

古来圣贤皆寂寞，唯有饮者留其名。

【出处】

选自唐·李白《将进酒》。

【赏析】

李白的一生，跌宕起伏，怀才不遇，幸好还有美酒相伴，才为后人留下了许多千古流传的诗篇佳作。这两句诗正是作者一生的写照。自古以来，圣贤都是怀才不遇、寂寞潦倒的，只有那些饮酒之人才能留名后世。当然，如果换个角度看，寂寞的人，未必全是圣贤；而擅长饮酒的人，也未必都能留名后世。诗人在此只不过是借古人酒杯，浇自己心中块垒罢了。所以这两句诗不能仅从表现文字来理解，而应当把它看作是怀才不遇者对黑暗现实、多舛人生的愤慨与喟叹。

白发三千丈，缘愁似个长。

【出处】

选自唐·李白《秋浦歌》（其十五）。

【赏析】

李诗一向以极度的夸张著称。单看“白发三千丈”一句，似乎无法理解，但当读到“缘愁似个长”时就会豁然明白，原来“三千丈”的白发是因愁而生、而长！愁生白发，人所共知，而白发长达三千丈，那该有多么深重的愁思啊？十个字的千钧重量落在一个“愁”字上。以此写愁，匪夷所思！奇想出奇句，不能不使人惊叹诗人的气魄和笔力，人们不但不会见怪诗人夸大现实情况，相反会由衷赞赏这出乎常情而又深入人心的奇句，并且感到诗人的长叹疾呼实堪同情。

此行不为鲈鱼脍，自爱名山入剡中。

【出处】

选自唐·李白《秋下荆门》。

【赏析】

鲈鱼脍：美味佳肴。这两句诗不能泛泛地理解为：诗人入剡不是为了品味美味佳肴，而是为了欣赏名山。如果作此解的话，那也太不了解李白的心性了。诗人说“不为鲈鱼脍”，是表明他有建功立业之志。自视不凡的李白，并不想通过当时一般文人所走的科举道路去获取功名，而是要通过游历、任侠，隐居名山、求仙学道、结交名流、树立声誉，一举而至卿相。所以“自爱名山入剡中”，无非是在标榜自己那种高人雅士的格调，无非是显示了自己不走寻常路的名流雅士的风格与情怀。

安能摧眉折腰事权贵，使我不得开心颜。

【出处】

选自唐·李白《梦游天姥吟留别》。

【赏析】

摧眉，低眉；折腰，弯腰。都是表示恭敬、顺从的神态。安能，即怎么能。这句诗是李白失意之时的心理写照，表现了他傲视权贵，不肯苟且偷生、强颜欢笑以取悦权贵的精神。

仰天大笑出门去，我辈岂是蓬蒿人。

【出处】

选自唐·李白《南陵别儿童入京》。

【赏析】

蓬蒿人：指生活在民间像野草一样被埋没的人。这两句诗是诗人得意之时的狂放之作。“仰天大笑”是何等得意的神态；“岂是蓬蒿人”是何等自负的心理，诗人踌躇满志的形象被表现得淋漓尽致。所以，这两句诗可看作是有才者的狂傲豪情，也可看作是有志者的自我期许。

众鸟高飞尽，孤云独去闲。

【出处】

选自唐·李白《独坐敬亭山》。

【赏析】

这两句借景抒情，情景相生。天上几只鸟儿高飞远去，直至无影无踪；寥廓的长空还有一片白云，却也不愿停留，慢慢地越飘越远。“尽”“闲”两字，把读者引入一个“静”的境界：在一群山鸟的喧闹声消除之后格外的清静；在翻飞的厚云消失之后特别的清幽。在此，诗人以动衬静，取得了人与自然和谐相处的宁静，但也似乎流露出了淡淡的孤寂之感。

两岸青山相对出，孤帆一片日边来。

【出处】

选自唐·李白《望天门山》。

【赏析】

人们大多赞赏第一句的“出”字，却很少考虑诗人何以会有“相对出”的感受。“出”字不但逼真地表现了在舟行过程中，诗人“望天门山”时天门山特有的姿态，而且寓含了舟中人的新鲜喜悦之感。夹江对峙的天门山，似乎正迎面向自己走来。“孤帆一片日边来”描绘出孤帆乘风破浪，越来越靠近天门山，诗人久慕名山，今天乘一片孤帆能够在日落之前得以相见，心中的喜悦之情自然溢于言表。

两岸猿声啼不住，轻舟已过万重山。

【出处】

选自唐·李白《早发白帝城》。

【赏析】

猿啼非常凄厉，啼不住，不停地叫唤，这两句是以哀景写乐情。这大概就是李白在出峡时由猿声山影所感受的情景。身在这如脱弦之箭、顺流直下的船上，诗人是何等畅快而又兴奋啊！“轻舟”的轻字别有意蕴，三峡水急滩险，逆流而上，自觉船重，心情也就滞重；如今顺流而下，行船轻如无物。诗人历尽艰险重履康庄的快感，不言自喻。这两句既是写景，又是比兴，既是个人心情的表达，又是人生经验的总结。

床前明月光，疑是地上霜。

【出处】

选自唐·李白《静夜思》。

【赏析】

这首绝句其实是一幅明月秋夜思乡图。诗人深夜难眠，皎洁的月光又透过窗户射到床前，带来了冷森森的秋宵寒意。诗人朦胧地乍一望去，在迷离恍惚的心情中，真好像是地上铺了一层白霜。可是再定神一看，哪里有秋霜，分明是月色。月色不免吸引着他抬头一看，一轮娟娟素月正挂在窗前，秋夜的天空是如此明净！此时此刻，遥对明月，乡思之情顿时如滔滔之江水，袭上心头。本绝句在写法上纯用白描手法，但却能激起读者共鸣，故千百年来为世人传唱。

抽刀断水水更流，举杯消愁愁更愁。

【出处】

选自唐·李白《宣州谢朓楼饯别校书叔云》。

【赏析】

一江春水，自古就容易让人想到万缕愁丝；一杯清酒，自古就是举杯消愁的最佳方式。可是醉了之后还是会清醒，还是无法排遣满腔的忧愁。于是又引发出“抽刀断水”的意念。尽管内心的苦闷无法排遣，但“抽刀断水”这个细节却生动地显示出诗人力图摆脱精神苦闷的要求，这就和沉溺于苦闷而不能自拔者有明显区别。

明月不归沉碧海，白云愁色满苍梧。

【出处】

选自唐·李白《哭晁卿衡》。

【赏析】

这是一首悼亡诗，不仅对友人晁衡的一生作了高度评价，而且句句行行也表达了自己对亡友的无限哀思。前一句暗指晁衡遇难，晁衡溺海身亡就如同皓洁的明月沉沦于大海之中。故人的不幸遭遇，不仅使诗人悲痛万分，连天宇也好似愁容满面，层层白云笼罩着海上的苍梧山，沉痛地哀悼晁衡的仙去。在此诗人并没有直接地描绘自己的哀恸，而是用了拟人的手法给白云着了一层愁衣，借物来表达自己浓郁的哀愁。

总为浮云能蔽日，长安不见使人愁。

【出处】

选自唐·李白《登金陵凤凰台》。

【赏析】

这是一首咏史诗。诗人借凭吊古迹讽喻今世，表现了对国事的关注和对现实的关心。这两句诗寄寓着深意，长安是朝廷的所在，太阳是帝王的象征。因此这两句诗暗示皇帝已被奸邪包围，而自己报国无门，心情自然十分沉重。诗人从六朝的帝都金陵看到唐的首都长安，从对历史的感慨转到对国事的忧虑，身处逆境却忧国伤时，体现出诗人积极用世的精神。但无论诗人怎样努力仍“不见长安”也使得从来都那么豪气风发的诗人开始发愁了。

孤帆远影碧空尽，唯见长江天际流。

【出处】

选自唐·李白《黄鹤楼送孟浩然之广陵》。

【赏析】

这是一首送别诗。此两句为纯粹写景之句，但当诗人向我们展现出了那样一个送别友人的场面之后，我们又不得不认为这两句实在是以写景来写情的佳句。帆影已经消逝，李白还在翘首凝望，一江春水流向远处的水天交接之处。谁能说这两句只有景而没有情？李白对朋友的一片深情，不正体现在这富有诗意的神驰目注之中吗？诗人的心潮起伏，正像那浩浩东去的一江春水。

草不谢荣于春风，木不怨落于秋天。

【出处】

选自唐·李白《日出入行》。

【赏析】

这两句是说草木的繁荣和凋落、万物的兴盛和衰竭，都是自然规律的表现，它们自荣自落，荣既不用感谢谁，落也不用怨恨谁，因为根本不存在某个超自然的“神”在那里主宰着四时的变化更迭。两句连用两个“不”字，加强了肯定的语气，显得果断有力，诗人也由此得出了“万物兴歇皆自然”的结论。联想到一生的荣辱，诗人其实是借了“草”“木”之口来转述自己对人生的感悟：那就是无论生活如何变化，不变的依然是那颗洒脱的心。

桃花潭水深千尺，不及汪伦送我情！

【出处】

选自唐·李白《赠汪伦》。

【赏析】

这是一首送别诗。诗人运用夸张、对比的手法，高度评价了自己与友人汪伦之间的深情厚谊。“桃花潭水”已“深千尺”，那么汪伦送我的情谊更有多深呢？耐人寻味。这两句写友情妙就妙在“不及”二字，好就好在取比物手法而弃惯用的比喻手法，这样就变无形的情谊为生动的形象，空灵而有余味，自然而又情真。

浮云游子意，落日故人情。

【出处】

选自唐·李白《送友人》。

【赏析】

这亦是一首送别诗。李白虽是一个大行不顾细谨之人，但却是一个极重情谊之人。这两句诗不仅写得极工整，而且也寄托了诗人对友人无尽的情意。

天空中一片白云随风飘浮，象征友人行踪不定；远处一轮红日徐徐而下，隐喻诗人对朋友依依惜别之情。在这山明水秀、红日西照的背景下送别，特别令人留恋而感到难舍难分。两句情景交融，扣人心弦。

欲渡黄河冰塞川，将登太行雪满山。

【出处】

选自唐·李白《行路难》（其一）。

【赏析】

这首诗写于诗人被排挤出长安，心情极度矛盾、痛苦之时。在这两句中，诗人用“冰塞川”“雪满山”象征人生道路上的艰难险阻，而用“欲渡黄河”“将登太行”象征他对理想的追求，具有比兴的意味。一个怀有伟大政治抱负的人物不能为朝廷所用，却以“赐金放还”的形式被变相赶出了长安，这不正像遇到冰塞黄河、雪拥太行的境地吗？因此，这两句现在往往被后人喻作为不可预知的艰险的前途。

燕山雪花大如席，片片吹落轩辕台。

【出处】

选自唐·李白《北风行》。

【赏析】

读诗不能只是从字面上看，还要在心里细细地品读，才能体会出它的奇异之处。诗歌的艺术形象是诗人主观感情和客观事物的统一，李白有着丰富的想象、热烈的情感、自由豪放的个性，所以寻常的事物到了他的笔下往往出人意表，超越常情。这两句的关键在于“大如席”上，对雪的描写大气包举，想象飞腾，精彩绝妙，道常人所不敢道。比较他的另外两句“瑶台雪花数千点，片片吹落春风香”，就可以看出前者渲染了严冬的淫威，后者唤起了浓郁的春意。因此，同为写雪，由于诗人撷取的意象不同，表达的主观感受就不同，收到的艺术效果自然也不相同。

醉卧沙场君莫笑，古来征战几人回。

【出处】

选自唐·王翰《凉州词》。

【赏析】

这两句以调侃的口吻借戍边战士之口表达了诗人为了保家卫国、甘冒生死的豪情。“醉卧沙场”

表现出来的不仅是豪放、开朗、兴奋的感情，而且还有着视死如归的勇气。“古来征战几人回”显示出将士们早已将生死置之度外。因此，两句诗不仅体现了戍边战士的恪尽职守，而且表现了他们潇洒豪迈的气概。

故乡今夜思千里，霜鬓明朝又一年。

【出处】

选自唐·高适《除夜作》。

【赏析】

这是高适的思乡之作。一向豪气风发的诗人在此作品中流露出了些许乡愁。明明是自己“每逢佳节倍思亲”，却偏偏说成是亲人在思念自己，其实在这一年之中最该团圆的一天，大家总是相互挂念的。“霜鬓”一句不仅有说明又逝去了一年之意，同时也暗示了诗人年纪老大但功业无成的忧伤之感。

莫愁前路无知己，天下谁人不识君？

【出处】

选自唐·高适《别董大》（其一）。

【赏析】

这是一首基调昂扬、慷慨悲壮的送别诗。其所表达出的信念坚强、语气豪迈、情谊真挚，一反往日送别诗缠绵低徊的特点，让人振奋。诗人劝慰董大不要怕找不到知己，亦不要为前途担心，以你的名声，天下无人不识，在慰藉中充满信心和力量。正是因为友情之重，所以诗人才能将临别赠语说得如此体贴入微，如此坚定不移，这既是对友人的劝勉鼓励，也是对其品格才能的高度赞美。

细雨湿衣看不见，闲花落地听无声。

【出处】

选自唐·刘长卿《送严士元》。

【赏析】

这是一首写景抒情诗。诗人通过视觉、听觉来写感觉，写景就是为了抒情。诗人观察入微，下笔精细。笑谈之际，飘来了一阵毛毛细雨，雨细得连看也看不见，却分明觉得衣服微微湿润。树上偶尔飘下几朵残花，轻轻扬扬，落到地上连一点声音都没有。所以这两句并非纯写景，从诗人的动作中就领略到了他那种惬意的神情。

一去紫台连朔漠，独留青冢向黄昏。

【出处】

选自唐·杜甫《咏怀古迹》（其三）。

【赏析】

这是一首咏古诗。诗人的概括力极强，只用十四个字就将昭君和亲匈奴及终老胡地的经历凄惨地道了出来。清人朱瀚《杜诗解意》说："'连'字写出塞之景，'向'字写思汉之心，笔下有神。"这是极有道理的。但是，有神的并不止这两字。只看上句的紫台和朔漠，自然就会想到离别汉宫、远嫁匈奴的昭君在万里之外所过的生活。而下句写昭君死葬塞外，用青冢、黄昏这两个生活中很简单、很普通的意象表达出了很不同一般的效果。"黄昏"在此指的并非时间，而是指那与无边的大漠连在一起笼罩四野的黄昏的天幕，它是那样的大，仿佛能够吞食一切，然而唯独这一个墓草常青的昭君冢，它吞食不下。因而，这两句诗给人一种天地无情、青冢有恨的沉重之感。

一片花飞减却春，风飘万点正愁人。

【出处】

选自唐·杜甫《曲江》（其一）。

【赏析】

这是一首惜春诗。诗人多情而又敏感的心在这两句中展现无遗。正是阳春三月春光明媚的时候，正是看花吃酒欢乐的时候，诗人却高兴不起来。因为他看到了一片花飞，进而想到了春光易逝，自然就产生了惜春的情绪。“风飘万点”，不只是客观地写景，缀上“正愁人”三字，重点就落在见景生情、托物言志上了。“一片花飞减却春”，历尽漫长的严冬，好容易盼到春天来了，花儿开了，然而“一片花飞”又透露出春天将逝的信息。敏感的、特别珍惜春天的诗人又怎能不“愁”？这种“愁”早已萌生于“一片花飞”中，何况此时面对着的分明是“风飘万点”的严酷现实，因此才会有“正愁人”的深切感叹。

三顾频烦天下计，两朝开济老臣心。

【出处】

选自唐·杜甫《蜀相》。

【赏析】

这是一首凭吊诗，诗人高度赞扬了诸葛亮辅佐刘氏两代建立丰功伟绩的一生。这两句不仅表达了诗人对诸葛亮临危受命和不负重托的崇敬之情，亦表现了诸葛亮的一颗老臣之心，不仅心怀着刘氏基业，也心怀着华夏河山。

无边落木萧萧下，不尽长江滚滚来。

【出处】

选自唐·杜甫《登高》。

【赏析】

落木即落叶。萧萧即摹拟叶落的声音。这两句诗自然而又贴切地描绘出了夔州秋天的典型特征。诗人仰望茫无边际、萧萧而下的落叶，俯视奔流不息、滚滚而来的江水，在写景的同时，便抒发了自己的情怀。“无边”“不尽”使“萧萧”“滚滚”更加形象化，不仅使人联想到落叶窸窣之声、长江汹涌之状，更在无形中传达出韶光易逝、壮志难酬的感叹。两句对仗工整，显示了诗人出神入化的笔力，确有高屋建瓴之势。难怪后人在“句中化境”方面把它誉为“古今独步”。

无风云出塞，不夜月临关。

【出处】

选自唐·杜甫《秦州杂诗》（其七）。

【赏析】

这两句诗其实是诗人的生活经验之谈。地面无风而高空风动云移，从地面上看，就有云无风而动的感觉。月升得很早，天还未黑尽就高悬空中，所以有不夜而月已临照的直接感受。这本是很常见的自然景象，然而一旦和“塞”、“关”联结在一起，就带有特定的时代感和诗人的独特感受。在心系边防形势的诗人的感觉中，孤城的云似乎离边塞特别近，即使无风，也转瞬间就要飘出了边境；孤城的月，也好像特别关注边关戍守，还未入夜，就早早临照在险要的雄关。两句诗中有兴，景中含情，不但真切地表现了边城特有的紧张警戒气氛，而且也表达了诗人对边防形势的深切关注。

出师未捷身先死，长使英雄泪满襟。

【出处】

选自唐·杜甫《蜀相》。

【赏析】

这是一首凭吊咏古诗，高度地赞扬了诸葛亮英雄伟大的一生。诸葛亮曾经六出岐山，北伐曹魏，最后一次病死五丈原，功业未成，因此说，“出师未捷身先死”。诸葛亮这种鞠躬尽瘁、死而后已的精神，使得天下英雄为之感叹，因此说“长使英雄泪满襟”。据说南宋抗金名将宗泽痛心半壁河山为金人占据，抗金复国事业未竟而病逝，死前曾吟诵杜甫这两句诗，可见千载英雄有同样的伤心。这两句诗又何尝不是杜甫在借古事讽今事，他只不过是借诸葛亮一事来浇自己胸中块垒罢了。

生女犹得嫁比邻，生男埋没随百草。

【出处】

选自唐·杜甫《兵车行》。

【赏析】

这是一首反战诗。尤其是这两句中反映出了诗人的反战情愫。他慨叹生男不如生女好，女孩子还能够嫁给近邻，男孩子只能命丧沙场埋在荒草之中。这是发自肺腑的血泪控诉。重男轻女是封建社会制度下普遍存在的社会心理，但是由于连年战争，男子被征兵，大量地战死边疆，这一残酷的现实使得人们一反常态，改变了重男轻女的传统心态。

白首放歌须纵酒，青春作伴好还乡。

【出处】

选自唐·杜甫《闻官军收河南河北》。

【赏析】

白首：白头。此诗是杜甫初闻官军收复河南、河北失地后所作。被评论界称为杜甫平生第一快诗。“白首”点出人已到了老年。老年人难得“放歌”，也不宜“纵酒”；如今既要“放歌”又要“纵酒”，正是心中狂喜的表现。第一句写狂态，第二句则写狂想。“青春”指春季，春天已经来临，杜甫正是想在大好春光中、鸟语花香里和妻子儿女们回归故乡，结束他们的羁旅漂泊生活。

此曲只应天上有，人间能得几回闻。

【出处】

选自唐·杜甫《赠花卿》。

【赏析】

这本是天上的乐曲，人间能听到几回呢？足见此曲的奇妙。所以这两句诗是不能只作字面意义解释的。其弦外之意别有所指。“天上”意指皇宫苑内，“人间”意指民间，这是封建社会常用的双关语。说乐曲属于“天上”，且加“只应”限定，既然是“只应天上有”，那么“人间”当然就不应“闻”。作者的讽刺之意含蓄婉转而又确切有力地显现出来了。这两句诗现在大多用来形容乐曲的精妙。

朱门酒肉臭，路有冻死骨。

【出处】

选自唐·杜甫《自京赴奉先县咏怀五百字》。

【赏析】

朱门：红门，指豪门贵族。两句意思为：豪门贵族家里酒肉多到吃不完，发臭了，而路上却倒着冻饿致死的尸骨。这两句诗千古传唱，其价值并不在于其艺术性而在于其社会性和思想性。杜甫面对统治阶级的荒淫无度，下层百姓的水深火热，充分运用对比的手法，将当时社会的贫富悬殊现象揭露得淋漓尽致。

会当凌绝顶，一览众山小。

【出处】

选自唐·杜甫《望岳》。

【赏析】

这首诗很能体现诗人的魅力。会：一定。此诗写于东游齐鲁时。写由望岳而产生的登岳的意愿，字里行间无不洋溢着青年杜甫那种蓬勃的朝气。这两句诗富有启发性和象征性，既可看作是征服泰山的一种愿望，又可看作是作者在事业上的一种高远理想。从中我们可以看到杜甫不怕困难、敢于攀登绝顶、俯视一切的雄心和气概。

近泪无干土，低空有断云。

【出处】

选自·唐·杜甫《别房太尉墓》。

【赏析】

这是一首哀悼友人的诗。诗人来到友人墓前，种种往事涌上心头，伤心的泪水夺眶而出。因为洒下许多伤悼之泪，以致身旁周围的土都湿润了；诗人哭墓之哀，天上的白云似乎也不忍离去。天低云断，空气里都带着愁惨凝滞之感，更使人觉得悲痛哀伤。诗人又运用了夸张和拟人的手法，把悲惨的氛围渲染得更加强烈，使读者也不忍再读下去。

国破山河在，城春草木深。

【出处】

选自唐·杜甫《春望》。

【赏析】

这首是杜甫有名的爱国诗。安史之乱以后，国都沦陷，国家满目疮痍，山河虽在，早已物是人非。诗中一个“破”字，便使人怵目惊心，继而一个“深”字，又令人满目凄然。诗人在此明为写景，实为抒情，表现出诗人对国事的忧虑。两句对仗工整，“国破”对“城春”，而诗意相反。

酒债寻常行处有，人生七十古来稀。

【出处】

选自唐·杜甫《曲江》（其二）。

【赏析】

“寻常行处”包括了曲江，又不限于曲江，行到哪儿，就在哪里醉卧。生活穷困，只靠典衣买酒，无异于杯水车薪，于是只有赊酒，以至于“寻常行处”都欠有“酒债”。诗人为什么整日买醉呢？也许“人生七十古来稀”就是答案！诗人早已年老，而国家依然不复，壮志难酬，于是乎只能“莫思身外无穷事，且尽生前有限杯”了。

笔落惊风雨，诗成泣鬼神。

【出处】

选自唐·杜甫《寄李十二白二十韵》。

【赏析】

这首诗是杜甫和李白的唱和之作。这两句极度赞赏了李白在诗歌创作上的艺术才华。用高度夸张的语言把李白的诗才写得极有气势，联想到他的诗句“兴酣落笔摇五岳，诗成笑傲凌沧洲”，就可看出杜甫对他的理解与友情。后来人们常用这两句称誉能产生震撼人心效果的文艺作品。

烽火连三月，家书抵万金。

【出处】

选自唐·杜甫《春望》。

【赏析】

在安危的时候，什么都没有平安更重要；在战争的年代，什么都没有家信更值钱。这时的一封家信真是胜过“万金”啊！只此一句就把战乱期间音讯不通，人们无不盼望家中信息的迫切心情写得淋漓尽致。同时这是所有人心中共同的想法，很自然地使人产生共鸣，因而成了千古传诵的名句。

随风潜入夜，润物细无声。

【出处】

选自唐·杜甫《春夜喜雨》。

【赏析】

杜甫的诗，一向以“沉郁顿挫”著称，而少有较明快之作，而此篇却是其中之一。诗人用拟人化的手法把春雨写得极富灵性，一个“潜”字、一个“细”字就把春雨的情态写到了极致。它是那么地善解人意，只怕白天耽误了农人的劳作，于是就选择了在晚上悄无声息地出来，静悄悄地滋润大地万物。

落日照大旗，马鸣风萧萧。

【出处】

选自唐·杜甫《后出塞》（其二）。

【赏析】

这是杜甫的一首边塞诗。把边地的景物写得十分大气。落日西照、战旗猎猎、战马长鸣、朔风萧萧。夕阳与战旗相辉映，风声与马嘶相交织，正是一幅有声有色的暮野行军图，表现出一种凛然庄严的行军场面。其中，“马鸣风萧萧”一句的“风”字尤妙，一字之加，“觉全局都动，飒然有关塞之气”。

翻手为云覆手雨，纷纷轻薄何须数。

【出处】

选自唐·杜甫《贫交行》。

【赏析】

这是一首关于世情的诗，诗人批判了势利之交的丑恶，赞扬了贫贱之交的真情。势力之交之人得意时便如云之趋合，失意时便如雨之纷散，翻手覆手之间，忽云忽雨，变化无常。“纷纷轻薄何须数”，诗人将这种势利之交归纳为十分普遍的现象，寥寥数字，强有力地表现出诗人对假、恶、丑现象的极度憎恶。

露从今夜白，月是故乡明。

【出处】

选自唐·杜甫《月夜忆舍弟》。

【赏析】

这是杜甫的一首思乡之作。在这冷落的清秋节里很容易勾起诗人的怀乡情丝。虽然四海天涯共此一轮明月，无所谓此明彼淡，但诗人却偏要强调故乡的月亮最明，看似无理，实则有情。这一融情入景的写法，给毫无生机的月色赋予浓郁的感情色彩，突出了诗人对故乡的感怀。

功名只向马上取，真是英雄一丈夫。

【出处】

选自唐·岑参《送李副使赴碛西官军》。

【赏析】

这是一首送别诗，但同时又充满了塞外诗的豪情。这与诗人身为边塞诗人的身份不无关系。这两句诗既可看作岑参对李副使立功扬名、创造英雄业绩的劝勉，又何尝不是他自己的理想和壮志呢？“只向”，语气相当坚定。两句语言明白如话，又显示出一种豪迈的气势。盛唐诗人多赴边塞求取功名，这也是盛唐气象的一种表现。

忽如一夜春风来，千树万树梨花开。

【出处】

选自唐·岑参《白雪歌送武判官归京》。

【赏析】

这两句诗用春景来喻冬景，用“梨花开”来比喻雪花舞，极为新颖贴切。“忽如”二字不仅写出了天气的变化无常，而且传出了诗人惊喜好奇的神情。“千树万树梨花开”的壮美意境颇富有浪漫色彩，梨树花团锦簇、压枝欲低，与雪压冬林的景象极为相似。诗人将春景比冬景，尤其将南方春景比北国冬景，几乎使人忘记其寒而感到喜悦与温暖，真可谓“妙手回春”。岑参的诗经常以“奇景”“奇情”取胜，杜甫就曾评价它的诗歌以“奇”见长。

【汉宫春晓】卷 局部 [清] 院本 中国台北故宫博物院藏 58－3

【汉宫春晓】卷 局部 [清] 院本 中国台北故宫博物院藏 58-3

贫居往往无烟火，不独明朝为子推。

【出处】

选自唐·孟云卿《寒食》。

【赏析】

子推：春秋时贤者介子推。寒食节禁火是为了纪念介子推。贫居者“无烟火”，是为生活所迫而往往断炊，并不是独独为了明天纪念介子推。诗人把两种不同性质的“无烟火”联系在一起，以“不独”两字轻轻一点，揭示了贫居者的无限心酸，构思极为巧妙，将貌似相同而实质差异的事物对比写出，更能取得想要的效果。这两句以自嘲的口吻，于黑色幽默中轻描淡写，却传达出了令人心伤的悲哀。

月落乌啼霜满天，江枫渔火对愁眠。

【出处】

选自唐·张继《枫桥夜泊》。

【赏析】

第一句短短七个字就概括出了三个意象：月落、乌啼、霜满天。它们交织在一起又构成了一幅幽暗静谧的画面，流露出了浓郁的哀愁。“霜满天”写深夜的寒意包围了诗人夜泊的小舟，使他感到茫茫夜空中正弥漫着满天霜花。第二句描绘“枫桥夜泊”的特征景物和旅人的感受。“江枫”与“渔火”，一静一动，一暗一明，一江边一江上，景物的搭配颇具匠心。“对愁眠”是全诗的情感体现。“对”即伴的意思。因而写出了孤独的旅人面对霜夜江枫渔火时萦绕在心头的缕缕轻愁。两句情景交融，被后人赞为“诗中有画”。

春城无处不飞花，寒食东风御柳斜。

【出处】

选自唐·韩翃《寒食》。

【赏析】

万紫千红、五彩缤纷等形容词是专属于春天的。尤其在暮春时节更是落红无数、柳絮飞舞，绚丽的春光令人着迷。既然整个长安充满春意，热闹繁华，皇宫的情景可想而知。第二句剪取无限风光中风拂“御柳”的一个镜头，来写游春盛况，虽是点染，却富有极强的表现力。

燕子不归春事晚，一汀烟雨杏花寒。

【出处】

选自唐·戴叔伦《苏溪亭》。

【赏析】

这是一首惜春诗，也是一幅暮春烟雨杏花图。春天是明媚的，此诗也该是欢快的，可是此诗基调却相当沉郁。这两句写的虽是眼中之景，却暗喻着心中之情：游子不归，红颜将老。“一汀烟雨杏花寒”，正是“春事晚”的具体描绘。迷蒙的烟雨笼罩着一片沙洲，料峭春风中的杏花也失去了晴日下艳丽的容光，显得凄楚可怜。诗人所传达出来的哀景，其实就是他自己的哀情，表现了在暮春时节的伤春及自伤。

春潮带雨晚来急，野渡无人舟自横。

【出处】

选自唐·韦应物《滁州西涧》。

【赏析】

春雨虽小，来势却很急，再加上晚潮的助威，西涧的水流便很湍急。而郊野渡口，本来行人不多，此刻更是无人。只见空空的渡船自在浮泊，悠然漠然，无人问津。倘若渡口在要津，大概就不能悠然空泊了。因此，在这水急舟横的悠闲景象中，便让诗人触景生情喟叹了一番怀才不遇之感。

几处吹笳明月夜，何人倚剑白云天。

【出处】

选自唐·李益《过五原胡儿饮马泉》。

【赏析】

“吹笳”二字的出现一上去便给这首诗奠定了慷慨悲凉的基调。胡笳：古代军中号角。这两句是写夜宿五原的见闻。明月当空，空旷的原野上隐隐传来哀婉的胡笳声，于是诗人暗思：想必是哪里发生军事行动，不知又是哪些壮士正在英勇卫国。“倚剑白云天”化用伪作宋玉《大言赋》“长剑耿耿倚天外”一句，赞叹守边将士的英雄形象。然而，诗人用“几处”“何人”的不定语气表示感叹，微妙地表现出五原一带形势依旧紧张，感慨边防尚未巩固。显然诗人对朝廷收复失地、稳固边防，所持的态度并不乐观。

春风得意马蹄疾，一日看尽长安花。

【出处】

选自唐·孟郊《登科后》。

【赏析】

人生有三喜，金榜题名时便是其中之一喜。这两句诗借得意的春风之口，道出了一日看尽长安花的神采飞扬之状，酣畅淋漓地抒发了他心花怒放的得意之情。这两句神妙之处，在于情与景会，意到笔到，将诗人策马奔驰于春花烂漫的长安道上的得意情景，描写得生动鲜明。同时诗句还有象征意味：“春风”既是自然界的春风，也是皇恩的象征；“得意”既指心情上称心如意，也指进士及第的事情。两句明朗畅达而又别有情韵，成为千古名句，成语“春风得意”“走马观花”即由此化出。

谁言寸草心，报得三春晖。

【出处】

选自唐·孟郊《游子吟》。

【赏析】

这是一首象征诗。诗人用“寸草心”来象征儿女之心，以“三春晖”来象征母爱。用小草报答春天阳光的哺育，象征儿女对母爱的报答。但对于春天阳光般温暖深厚的母爱，区区小草似的儿女怎能报答呢？从中可见母爱的伟大和游子的炽烈情意。两句语言质朴平实、形象生动、晓畅明快，千百年来一直脍炙人口。

横笛闻声不见人，红旗直上天山雪。

【出处】

选自唐·陈羽《从军行》。

【赏析】

与边塞事物有密切关联的东西无外乎“横笛”“红旗”了，只写“笛”“旗”，不仅由于在远处可听笛声、可见红旗，还因为这两件事物尤能表现行军将士的精神。在写法上，先写“横笛闻声”，再写“红旗直上”，符合人们对远处事物的注意往往“先声后形”的习惯。“闻声”而寻人，寻人而“不见”，从而形成了悬念，使后一句的动人景象显得更为突出鲜明，增强了视觉效果。

春风一夜吹乡梦，又逐春风到洛城。

【出处】

选自唐·武元衡《春兴》。

【赏析】

这是一首春夜思乡诗。在诗人的笔下，春风就像一位多情的信使，给思乡者不断吹送故乡春天的信息，这才造就了一夜的思乡之梦。而这一夜的思乡之梦，又随着春风的踪迹，飘飘荡荡，越过千里关山，来到日思夜想的故乡。它仿佛理解诗人的乡思，特意来吹送乡梦，为乡梦作伴引路；而无形的乡梦，也似乎变成了有形的缕缕丝絮，诗人抽象的主观感受，完全被形象化了。

人面不知何处去，桃花依旧笑春风。

【出处】

选自唐·崔护《题都城南庄》。

【赏析】

这首诗其实是对物是人非的感慨！今日的桃花照旧百花吐艳、鲜丽动人，还有那一样被掩映的门户，但却不见了去年依门含笑的少女！“依旧”二字，含有无限怅惘。正是因为有“人面桃花相映红”的美好记忆，才特别感到失去美好事物的怅惘之意，因而才有“人面不知何处去，桃花依旧笑春风”的感慨。

山光悦鸟性，潭影空人心。

【出处】

选自唐·常建《题破山寺后禅院》。

【赏析】

诗人望见寺后的青山焕发着日照的光彩，看见鸟儿自由自在地鸣唱；他走到清清的潭水旁，只见天地和自己的身影在水中湛然空明，心中的尘世杂念顿时涤除。此情此景，诗人仿佛领悟到了空门禅悦的奥妙，摆脱尘世一切烦恼，像鸟儿那样自由自在，无忧无虑。“悦”和“空”都作使动用，字面上理解是鸟儿看到如此美景心里很高兴，其实不然，是诗人自己看到如此良辰有所感悟，领悟到了禅悦的奥妙，寄托了诗人遁世无门的情怀。

今夜月明人尽望，不知秋思落谁家。

【出处】

选自唐·王建《十五夜望月》。

【赏析】

这是一首中秋佳节对月怀远诗。所谓“每逢佳节倍思亲”，诗人怅然于家人离散，因而由月宫的凄凉，引出了对亲人的相思。明明是自己在思念亲人，偏偏说“秋思落谁家”，这就将诗人的情思表现得很蕴藉深沉。一个“落”字，新颖妥贴，不同凡响，给人以动感，仿佛那秋思随着银月的清辉，一齐洒落人间似的。

天街小雨润如酥，草色遥看近却无。

【出处】

选自唐·韩愈《早春呈水部张十八员外》(其一)。

【赏析】

这两句其实描绘了一幅早春遥望草色图。第一句最妙，春寒料峭，但是下过一番小雨之后，春来了。雨脚儿轻轻走过大地，留下春的印迹，那就是最初的春草芽儿冒出来了，远远望去，朦朦胧胧，仿佛有一片极淡极淡的青色，这是早春的草色，充满了无限生机。可是当你带着无限喜悦之情走近去看个仔细，地上那稀稀朗朗的极为纤细的嫩芽，却反而看不清什么颜色了。因此，“草色遥看近却无”真可谓兼摄远近，空处传神。

云横秦岭家何在？雪拥蓝关马不前。

【出处】

选自唐·韩愈《左迁至蓝关示侄孙湘》。

【赏析】

蓝关：在秦岭之北，长安的东南。韩愈因谏宪宗迎佛骨而获罪，几乎被处死，后经人说情，被贬为潮州刺史。这两句诗写他前往贬谪之地路上的艰难情状。云横而不见家，亦不见长安。此时令他牵挂的不仅是自家，而更多的是国家；令他感伤的不仅是自身，更多的则是国事。“马不前”露出英雄失意之悲。他立马蓝关，大雪寒天，前路艰难。体现出诗人的艰难处境和情感伤悲。

草树知春久不归，百般红紫斗芳菲。

【出处】

选自唐·韩愈《晚春》。

【赏析】

这两句描绘的是一幅晚春百花争艳图。有感于春神留不住，于是百花千红万紫，争芳斗艳，一展千姿百态，取悦春神，以这种方式来和春神告别。这两句诗，奇在无情之物被拟人化，竟然能“知”能“斗”。从下两句“杨花榆荚无才思，惟解漫天作雪飞”中的“无才思”来看，作者可能是以这首诗喻群芳斗艳的诗坛。

不见乡书传雁足，惟看新月吐蛾眉。

【出处】

选自唐·王涯《秋思赠远》。

【赏析】

这是一篇对月怀人之作。诗人以“不见乡书”“惟看新月”来表示时间段上的长久，同时也显示了诗人对家书的时时渴望。他多么希望能够像古代传说那样，看到雁足之上，系着妻子的书信啊！乡书不见，惟见新月，一个“惟”字，写出了诗人无可奈何的怅惘之情。诗人对月思人，浮想联翩，天空上那弯细细的新月难道不像娇妻的蛾眉吗？

长恨人心不如水，等闲平地起波澜。

【出处】

选自唐·刘禹锡《竹枝词》（其七）。

【赏析】

这是一首感慨世情的诗，诗人借瞿塘峡的艰险来比喻人世间的凶险。瞿塘峡之所以险，是因为水中有道道险滩，而人间世道“等闲平地”也会陡起波澜，岂不令人防不胜防？真是“人心”比瞿塘峡水还要凶险。“长恨”二字既表现了诗人对那些惯于兴风作浪、陷害无辜的无耻之徒的无比忿恨，同时也流露出无可奈何之感。

东边日出西边雨，道是无晴还有晴。

【出处】

选自唐·刘禹锡《竹枝词》。

【赏析】

这是一首爱情词。这两句描写了恋爱中的女子复杂微妙的心理。这两句以天气的难以捉摸譬喻对方心理的难以捉摸。“晴”与“情”谐音。“道是无晴还有晴”也就是“道是无情还有情”，表达出女子的迷惘、女子的眷恋、女子的忐忑不安以及女子的希望和等待。这两句的妙处就在于能够利用民歌的谐声双关来写词、来表情达意，清新自然，为人喜爱。

旧时王谢堂前燕，飞入寻常百姓家。

【出处】

选自唐·刘禹锡《乌衣巷》。

【赏析】

这首凭吊诗慨叹了世事无常、只有宇宙永恒的真理。诗人描写乌衣巷上空正在就巢的飞燕，让人们沿着燕子飞行的去向辨认，如今的乌衣巷已经成了普通的百姓人家。“旧时”两个字，赋予燕子以历史见证者的身份。“寻常”两个字，又特别强调了今日的居民不同于往昔。因而这两句诗，以过去栖息在豪门大族厅堂之上的燕子，现在飞入普通百姓人家来抒发作者对社会沧桑变化的感慨。

兴废由人事，山川空地形。

【出处】

选自唐·刘禹锡《金陵怀古》。

【赏析】

“天时不如地利，地利不如人和。”诗人正是基于这样的认识，才一针见血地揭示出了六朝兴亡的秘密。当时的权贵而今安在？险要的山势并没有为他们提供保障；国家兴亡，当取决于人事！在这两句里，诗人思接千里，自铸伟词，提出了社稷之存“在德不在险”的卓越见解。后来欧阳修提出的“盛衰之理，虽曰天命，岂非人事哉”的观点，与此相同。

沉舟侧畔千帆过，病树前头万木春。

【出处】

选自唐·刘禹锡《酬乐天扬州初逢席上见赠》。

【赏析】

这是刘禹锡的一首赠和诗，也是一首自勉诗。刘禹锡以沉舟、病树比喻自己，固然感到惆怅，却又相当达观。沉舟侧畔，千帆竞发；病树前头，万木皆春。诗人以这两句诗劝慰白居易不必为自己的寂寞、蹉跎而忧伤，对世事的变迁和仕宦的浮沉，表现出豁达的襟怀。这两句诗脍炙人口，千古传唱，现又被赋予新的意义，即旧的事物必定会被新事物替代。

一道残阳铺水中，半江瑟瑟半江红。

【出处】

选自唐·白居易《暮江吟》。

【赏析】

这两句描绘出一幅秋日残阳铺水图。已被青山啃掉半边的“残阳”已经接近地平线，几乎是贴着地面照射过来，确像“铺”在江上，“铺”字也显得平缓，写出了秋天夕阳的柔和，给人以亲切、安闲的感觉。“半江瑟瑟半江红”，江水泛起波纹，受光的部分呈现一片“红”色，背光部分，呈现深深的碧色。在残阳的照射下，江面呈现两种颜色粼粼细波，被诗人描绘得非常壮美。

几处早莺争暖树，谁家新燕啄春泥。

【出处】

选自唐·白居易《钱塘湖春行》。

【赏析】

这是一幅初春早莺、新燕嬉戏劳作图。诗人从莺、燕着手，把春的活力与生机生动具体地描绘了出来。莺是歌手，燕是候鸟，它们富于季节的敏感，成为春天的象征。在这里，诗人对周围事物的选择是典型的；而他的用笔则是细致入微的。说“几处”，可见不是“处处”；说“谁家”，可见不是“家家”。因为这还是初春季节。这样，“早莺”的“早”和“新燕”的“新”就在意义上互相生发，把两者联成一幅完整的画面。因为是“早莺”，所以抢着向阳的暖树，来试它的歌喉；因为是“新燕”，所以当它啄泥衔草，营建新巢的时候，就会引起人们乍见新燕顿感春天已来临的喜悦。

日出江花红胜火，春来江水绿如蓝，能不忆江南。

【出处】

选自唐·白居易《忆江南》（其一）。

【赏析】

这是一首春日忆江南的诗作。“日出”“春来”，互文见义。春来百花盛开，已极红艳；红日普照，更红得耀眼。在这里，因同色相烘染而提高了色彩的明亮度。春江水绿，红艳艳的阳光洒满了江岸，更显得绿波粼粼。在这里，因异色相映衬而加强了色彩的鲜明性。“江花红”“江水绿”，二者互为背景。于是红者更红，“红胜火”；绿者更绿，“绿如蓝”。在如此美景之中，诗人由衷地赞叹了春光明媚、江水幽幽的美丽江南，也透露出了诗人对江南的无限眷恋之情。

可怜身上衣正单，心忧炭贱愿天寒。

【出处】

选自唐·白居易《卖炭翁》。

【赏析】

这是白居易的一首讽喻诗。描写的是一位卖炭的老人把解决衣食生计的希望完全寄托在一车木炭的收入上，所以他“心忧炭贱愿天寒”，在冻得发抖的时候，一心盼望天气更冷，炭能卖个好价钱。诗人深刻地理解卖炭老人的艰难处境和复杂的内心活动，只用十四个字就真切地表现了出来。“可怜”两字倾注了无限的同情，真是催人泪下。

同是天涯沦落人，相逢何必曾相识？

【出处】

选自唐·白居易《琵琶行》。

【赏析】

这是白居易被贬为江州司马时偶遇琵琶女弹琵琶心有所感而挥就的一篇著名诗歌。他们此刻不分阶级和地位，同是飘泊异乡、沦落天涯的失意人，浪迹天涯的经历和感受也就大致相同：既然有缘相逢，又何必要求曾经相识呢？“同是天涯沦落人”常用来表达彼此的遭遇相同，也都同样对现实感到失望。“相逢何必曾相识”多用来表示萍水相逢也是缘分，何不抛开拘束，做一对惺惺相惜的朋友呢？这一句诗若是独立来看，就是另一种热情洒脱的意境了。

别有幽愁暗恨生，此时无声胜有声。

【出处】

选自唐·白居易《琵琶行》。

【赏析】

这两句诗高度夸赞了琵琶女的弹琵琶技艺，琵琶女将隐藏在内心深处的愁苦怨恨，通过忽急忽缓、时高时低的琵琶声曲曲传出，到极伤心处看似轻抚无力，琵琶声歇，那无声的倾诉却远胜过放声嚎哭。现在“此时无声胜有声”常被用来描述难以言喻的境界，或被赋予某种特殊含意，来表达无声却强烈地抗争。

明月好同三径夜，绿杨宜作两家春。

【出处】

选自唐·白居易《欲与元八卜邻，先有是赠》。

【赏析】

这是白居易的一首闲适诗。三径：典故，指隐士居住之处。绿杨：南朝时陆慧晓与张融为邻，室间有杨柳。白居易想同交结了二十余年的诗友元八作邻居，便作这首七律诗相赠。这两句运用两个典故抒写自己对结邻之后情景的美好憧憬：明月清辉共照两户，绿杨春色同到两家。如此优美的境界，自然容易引起诗人无限的联想和丰富的想象，表达了诗人与友人元八的真挚感情。

野火烧不尽，春风吹又生。

【出处】

选自唐·白居易《赋得古原草送别》。

【赏析】

这是白居易的一首送别诗，一反往日送别诗的悲悲切切，写得极有新意。“烧不尽”三字，大有深意。因为烈火再猛，也无奈那深埋地底的根须，一旦春风化雨，野草的生命便会复苏。这两句一句写枯，一句写荣，写出了古原草顽强的生命力，同时也包含着万物生生不息的哲理。又预示着朋友分别还会再见面，借此鼓励朋友不怕挫折，勇敢前行。

千山鸟飞绝，万径人踪灭。

【出处】

选自唐·柳宗元《江雪》。

【赏析】

这是一首托物言志、怀才不遇的诗。短短十个字就把冬日那种萧条和肃杀的环境描写得淋漓尽致。一个“绝”和一个“灭”字，形成一种不平常的景象，写出了天地之间是如此纯洁而寂静，一尘不染，万籁无声。从而为诗人借歌咏隐居在山水间的渔翁、寄托自己清高而孤傲的情怀、抒发自己在政治上失意的郁闷苦痛提供了广阔的背景。

孤舟蓑笠翁，独钓寒江雪。

【出处】

选自唐·柳宗元《江雪》。

【赏析】

这两句诗描绘了一幅身穿蓑衣、头戴斗笠的老人寒江独钓图。如此冷寂的大山里却有一位渔翁，不怕雪大，忘记了一切，专心致志地垂钓，形体虽然孤独，性格却显得清高孤傲，甚至有点凛然不可侵犯似的。这个被幻化了的、美化了的渔翁形象，实际上正是柳宗元本人的思想感情的寄托和写照。“寒江雪”三字是点睛之笔，它把全诗前后两部分有机地联系起来，不但形成了一幅凝炼概括的图景，也塑造了渔翁完整突出的形象。

烟销日出不见人，欸乃一声山水绿。

【出处】

选自唐·柳宗元《渔翁》。

【赏析】

青山绿水之间本无一人，但忽闻橹桨“欸乃一声”，便是人早已在其间了。仔细品味这两句，“烟销日出不见人”，恰好能传达出一种惊异感；而于青山绿水中闻橹桨欸乃之声尤为悦耳怡情，山水似乎也为之绿得更加可爱。作者通过这样的奇趣，写出了一个清寥得有几分神秘的境界，隐隐传达出他那既孤高又不免孤寂的心境。

惊风乱贴芙蓉水，密雨斜侵薛荔墙。

【出处】

选自唐·柳宗元《登柳州城楼寄漳、汀、封、连四州刺史》。

【赏析】

这两句描绘风急雨骤的近景用的是“赋”笔，但赋中又兼有比兴。在屈原的作品中，芙蓉和薜荔都象征着人格的美好与芳洁。而在此，诗人从所见景物中特意择出芙蓉和薜荔，显然是它们在暴风雨中的情状使诗人心灵颤悸。写风用惊、写雨用密、写贴用乱、写侵用斜，足见对客观事物已投入了诗人的感受。两句景中寓情，以纷乱的风雨之景，来比喻复杂而恶劣的政治环境，流露了诗人毫不同流合污的高洁品格。

关门不锁寒溪水，一夜潺湲送客愁。

【出处】

选自唐·李涉《再宿武关》。

【赏析】

诗人远离故园，日暮客居武关，那无尽的愁丝就像一江东流的春水，绵绵不绝。“关门不锁”四字为神来之笔，雄固的武关之门，可锁住千军万马，却锁不住溪水带来的愁情，足见“愁”的分量之重。一个“锁”字，把抽象的“愁”活灵活现地显示出来。这两句诗，别出心裁地通过对水声的描写，把内心“剪不断，理还乱”的离愁别恨，曲折细腻地描摹出来，使人如临其境，如闻其声，具有很大的艺术表现力。

侯门一入深似海，从此萧郎是路人。

【出处】

选自唐·崔郊《赠婢》。

【赏析】

侯门：指有权有势的人家。萧郎：泛指女子所爱恋的男子。这两句是说女子一进侯门，便视男子为陌路之人了。诗人在此讥讽的是生生造成他们二人分离的“侯门”，虽然没有明显指出，但不指而明。诗人从侯门“深似海”的形象比喻，从“一入”、“从此”两个关联词语所表达的语气中透露出来的深沉的绝望，比那种直露的抒情更哀婉动人，也更能引起读者的同情。两句用词极为准确，“侯门似海”也因其比喻的生动形象，作为成语被广泛运用。

白头宫女在，闲坐说玄宗。

【出处】

选自唐·元稹《行宫》。

【赏析】

这是一首宫怨诗，描写了几位白发老宫女，正闲散地坐在那里回忆、谈论着玄宗遗事。这些天宝年间进宫的宫女，当时花容月貌、娇姿艳质，却被禁闭冷宫，与世隔绝，青春消逝、红颜憔悴，如今已是满头白发，此情此景，令人凄绝。由此表达了诗人时移世迁的盛衰之感和红颜易老的人生之叹。同时也委婉、含蓄地讽刺了唐玄宗的荒淫生活。

曾经沧海难为水，除却巫山不是云。

【出处】

选自唐·元稹《离思》（其四）。

【赏析】

这是元稹的一首爱情诗，这两句明是写巫山和沧海，实是抒发自己心中坚贞不渝的爱情。因为“沧海”“巫山”是世间至大至美的形象，诗人引以为喻，从字面上讲是说经历过“沧海”“巫山”，对别处的水和云就难以看上眼了，实则是用来隐喻他们夫妻之间的感情有如沧海之水和巫山之云，其深广和美好是无与伦比的，因而除了爱妻之外，再没有能使自己动情的女子了。

鸟宿池边树，僧敲月下门。

【出处】

选自唐·贾岛《题李凝幽居》。

【赏析】

这是一幅月夜孤僧造访图。诗人以动来衬托静，抓住了僧敲门而惊动宿鸟这一瞬间的现象来显示了幽静的深夜。由这两句诗形成了“推敲”一词，用来形容对语言的提炼。自古以来的人大都认为“敲”字用得比“推”字好，其实未必，关键要看作者当时心中想的是什么，他要创造一种什么样的意境。

用“推”字，则知院门是自掩自闭，老僧步月归来，又自推自开，更显空寂冷落。用“敲”字有以动衬静的作用，针对客僧而言似更妥当。

大漠沙如雪，燕山月似钩。

【出处】

选自唐·李贺《马诗》（其五）。

【赏析】

这是李贺的一首边塞诗，描绘了一处极富边疆特色的战场景象。连绵的燕山山岭上，一弯明月当空；平沙万里，在月光下像铺上一层白皑皑的霜雪。这幅战场景色，一般人也许只觉悲凉肃杀，但对于志在报国之士却有异乎寻常的吸引力。平沙如雪的疆场寒气凛凛，但它是英雄用武之地。所以这两句写景又有起兴之义。

女娲炼石补天处，石破天惊逗秋雨。

【出处】

选自唐·李贺《李凭箜篌引》。

【赏析】

这两句是李贺对李凭箜篌技艺的高度赞扬。“女娲炼石补天处，石破天惊逗秋雨。”写音乐声传到天上，正在补天的女娲听得入了迷，竟然忘了自己的职责，结果石破天惊，秋雨倾泻。这种想象是何等大胆超奇、出人意料，而又感人肺腑。一个“逗”字，把音乐的强大魅力和奇瑰的景象联系起来。而且，石破天惊、秋雨纷纷的景象，也可视为音乐形象的展现。

不须浪饮丁都护，世上英雄本无主。

【出处】

选自唐·李贺《浩歌》。

【赏析】

这是李贺怀才不遇的激愤之歌。这两句是诗人劝友人丁都护面对有才而不被重用时，不必去买醉求一夕之解脱，必须面对现实，因为世道沦落，英雄不用乃是必然趋势。“世上英雄本无主”中的“主”是影射皇帝，以发泄对朝廷的不满。所以，这两句虽是自宽自慰，然其愤激之情却显得浓烈深沉。诗人借古讽今，指斥时弊，抒发了自己愤世嫉俗的情怀。

少年心事当拏云，谁念幽寒坐呜呃。

【出处】

选自唐·李贺《致酒行》。

【赏析】

这是李贺的一首励志之作。这两句批判了自己唉声叹气一蹶不振的思想状态，表明了应该充满凌云壮志之情的心态。他因要避父亲名讳，不能参加科举考试，一生抑郁不得志。“谁念幽寒坐呜呃”同时也就是一种对旧我自暴自弃的批判。两句音情激越，颇具兴发感动的力量，使全诗具有积极的思想色彩。

男儿何不带吴钩，收取关山五十州。

【出处】

选自唐·李贺《南园》（其五）。

【赏析】

“吴钩”喻宝刀，“何不”二字既是泛问，也是自问，极富内涵，含有“国家兴亡，匹夫有责”的壮志豪情。诗人面对战乱，焦急万分，恨不得立即身佩宝刀，奔赴沙场，报效国家。“何不”既暗示出危急的军情和诗人自己焦虑不安的心情，又使人感受到诗人那郁积已久的愤懑情怀。次句一个“取”字，举重若轻，有破竹之势，生动地表达了诗人急切的救国心愿。

黄尘清水三山下，更变千年如走马。

【出处】

选自唐·李贺《梦天》。

【赏析】

“黄尘清水”也就是沧海桑田。“三山”指传说中东海的蓬莱、方丈、瀛洲三座仙山。这两句写作者梦中上天，到了月宫，再回头下望人间所看到的情景以及自身的感受。沧海桑田、千年变化就如同奔马一样快。因为在传说中，神仙之境时间过得很慢，相比较人世间的变化就极快，正所谓“山中方七日，世上已千年”。这两句虽是慨叹时光变迁、逝者如斯，但更表达了诗人消极厌世的情怀。

黑云压城城欲摧，甲光向日金鳞开。

【出处】

选自唐·李贺《雁门太守行》。

【赏析】

首句以“黑云”为意象，成功地渲染了敌军兵临城下的紧张气氛和危急形势。一个“压”字，把敌人众多、来势凶猛以及交战双方力量悬殊、守军将士处境艰难都淋漓尽致地表现出来。次句写日光映照在守城将士的甲衣上，显得金光闪闪、耀人眼目。此刻他们正披坚执锐、严阵以待。这一句显示了守军的阵营和士气以及不畏强敌、誓死报国的无畏精神。

端州石工巧如神，踏天磨刀割紫云。

【出处】

选自唐·李贺《杨生青花紫石砚歌》。

【赏析】

这两句高度夸赞了端州（即今广东肇庆）石匠的炉火纯青的采石技术和巧夺天工的雕刻工艺。采石工人在岩穴之下，脚踩泉水操作，灯光闪烁之中，岩石的倒影映于水中，那水面犹如天幕，倒影犹如紫云；工人踩水犹如踏天，用锤凿石犹如用刀割云。天可踏，云可割，岂不把端州石工的巧技写神了。“巧”、“神”、“踏”、“割”等字眼的运用，更把石匠的神功描绘得如有神助。

溪云初起日沉阁，山雨欲来风满楼。

【出处】

选自唐·许浑《咸阳城西楼晚眺》。

【赏析】

这是许浑的一首咏史之作。从字面上看纯是写当时登楼远眺的自然景象，但联系到晚唐风雨飘摇的时局，不由地让敏感的诗人有所察觉。此诗表现了诗人对国事的关注。现今常用这句诗来表述一件大事即将发生前所显示的预兆与前奏。

一骑红尘妃子笑，无人知是荔枝来。

【出处】

选自唐·杜牧《过华清宫》（其一）。

【赏析】

这是杜牧的有名的讽喻诗，写得相当精深、含蓄。诗不明白说出唐玄宗的荒淫好色、贵妃的恃宠而骄，而形象地用“一骑红尘”与“妃子笑”构成鲜明地对比，就收到了比直抒己见而强烈得多的艺术效果。“妃子笑”三字颇有深意，自然而然让人也就联想到了此时明皇的荒淫。“无人知”三字也发人深思。其实，“荔枝来”并非绝无人知，至少“妃子”知、“一骑”知，还有皇帝自知。这样写，意在说明此事重大紧急，外人无由得知，这就不仅揭露了皇帝为讨宠妃欢心无所不为的荒唐，也与前面渲染的不寻常气氛相适应。

千里莺啼绿映红，水村山郭酒旗风。

【出处】

选自唐·杜牧《江南春》。

【赏析】

这首诗其实是一幅江南早春水村山郭图。第一句描写了江南的自然风光，第二句描绘了江南的人文景观。两句都写江南春景，着重表现了江南春天掩映相衬、丰富多彩的美丽景色，有红绿色彩的映衬、有山水的映衬、有村庄和城郭的映衬、有动静的映衬、有声色的映衬。同时，两句所描写的晴天之景又和后两句的雨景形成了映衬。

东风不与周郎便，铜雀春深锁二乔。

【出处】

选自唐·杜牧《赤壁》。

【赏析】

这是杜牧的临古凭吊诗。诗人写此诗的目的其实是在借古讽今，表现了“安史之乱”之后诗人一心以国事为重的情怀。这两句就是说要是当时老天爷不吹东风给周瑜方便的话，周瑜就不会取得赤壁之战的胜利，那大小乔就会被曹操抓到铜雀台里锁起来，她们也就别想自由自在地欣赏明媚的春光了。诗人评论赤壁一战成败的原因，只选择当时的胜利者周瑜和他获胜的关键——东风来写。“铜雀春深锁二乔”描写在“东风不与周郎便”的情况下，曹操胜利后的骄恣和东吴失败后的屈辱，正是对历史上的胜利极其有力的反衬。

江东子弟多才俊，卷土重来未可知。

【出处】

选自唐·杜牧《题乌江亭》。

【赏析】

这首诗也是杜牧的咏史凭吊诗。这两句流露出诗人对悲剧英雄项羽的遗憾与感叹。他刚愎自用、自食其果，而又经不住挫折，难成大事。虽是战败，但若能采纳忠言，重返江东，再整旗鼓，卷土重来，则胜负之数，或未易量。可惜的是项羽却不肯放下架子，乌江自刎。这两句诗在惋惜、批判、讽刺之余，又表明了“败不馁”的道理，也是颇有积极意义的。

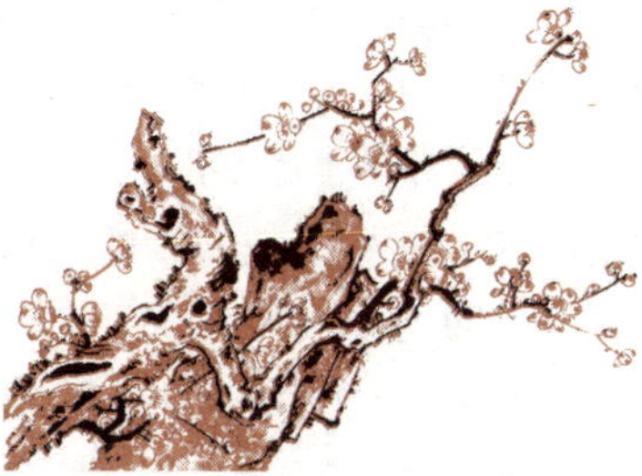

尽日无人看微雨，鸳鸯相对浴红衣。

【出处】

选自唐·杜牧《齐安郡后池绝句》。

【赏析】

这是杜牧的一首艳情诗。也是一首春闺怨妇诗。“尽日无人看”可以想象主人公的寂寞情状；又加上“雨纷纷”便更添加了几丝愁闷心情。尤其是第二句中的池面鸳鸯的相对戏水，更映衬出看雨人的孤独，必然使他见景生情，生发许多遐想。两句诗的妙处都在不道破注视鸳鸯的人此时所想何事、所怀何情，而篇外之意却不言自见。

多情却似总无情，唯觉樽前笑不成。

【出处】

选自唐·杜牧《赠别》（其二）。

【赏析】

如果有过爱的经历的话，便会觉得无论怎样努力，都表达不尽自己的多情。正因为诗人爱得太深、太多情，以至使他“唯觉樽前笑不成”。要写离别的悲苦，他却从“笑”字入手，一个“唯”字表明诗人多么想面对情人举樽道别、强颜欢笑。但因为感伤离别，却挤不出一丝笑容来。这种看似矛盾的情态描写，把诗人内心的真实感受写得委婉尽致，极有情味。

【汉宫春晓】卷 局部［清］院本 中国台北故宫博物院藏 58－4

【汉宫春晓】卷 局部 [清] 院本 中国台北故宫博物院藏 58-4

商女不知亡国恨，隔江犹唱《后庭花》。

【出处】

选自唐·杜牧《泊秦淮》。

【赏析】

这首诗其实是杜牧的讽刺诗。诗人无比沉重的悲痛和辛辣犀利的讽刺在这两句中表露无遗。说“商女不知亡国恨”，乃是曲笔，真正不知亡国恨的是那些座中欣赏者——贵族、官僚、豪绅。“犹唱《后庭花》”是说犹唱亡国之音，暗指重蹈亡国之辙。这两句表达了较为清醒的封建知识分子对国事的忧虑，也反映了官僚贵族声色歌舞、纸醉金迷的生活，这正是衰败的晚唐现实生活中的两个不同侧面的写照。

清明时节雨纷纷，路上行人欲断魂。

【出处】

选自唐·杜牧《清明》。

【赏析】

古典诗歌里往往都是情景相生的，所以上句的“雨纷纷”既是形容春雨的意境，又是在形容那位雨中行人的心情；下句的“行人”为何“断魂”？只因清明时节，本该是家人团聚，或游玩观赏、或上坟扫墓，行人孤身赶路，触景伤怀，偏又赶上细雨纷纷、春衫尽湿，更平添了一层愁绪。浓重的愁丝直欲让人断魂。两句语言通俗，毫无经营造作之痕，却将情景描绘得凄厉哀伤。

蜡烛有心还惜别，替人垂泪到天明。

【出处】

选自唐·杜牧《赠别》（其二）。

【赏析】

这是一首赠别诗。人世间最让人心碎的莫过于伤离死别了。因此在饯行的酒席上，凡是诗人能看到的事物都被披上了哀愁。蜡烛本是有烛芯的，所以说“蜡烛有心”，而在诗人眼里，烛芯却变成了“惜别”之心，把蜡烛拟人化了。在诗人的眼中，它那彻夜流溢的烛泪，就是在为男女主人的离别而伤感了。“替人垂泪到天明”，“替人”二字，使意思更深一层；“到天明”又点出了告别宴饮时间之长，之所以通宵畅饮，正是诗人不忍分离的表现。

下国卧龙空寤主，中原得鹿不由人。

【出处】

选自唐·温庭筠《经五丈原》。

【赏析】

这是一首凭吊古原诗。寤：开导、规劝。得鹿：即得天下，比喻在政权的争夺中获胜。下国：指偏处西南的蜀国。这两句虽然是对时事的议论，但更是对蜀国丞相诸葛亮鞠躬尽瘁辅佐后主事业的高度概括。一个“空”字包蕴着无穷感慨，“不由人”照应“空寤主”。作为辅臣，诸葛亮鞠躬尽瘁，然而时势如此，叫他如何北取中原、统一中国呢？诗人对此深为叹惋。两句纯是议论，以历史事实为依据，悲切而中肯。

可怜无定河边骨，犹是春闺梦里人。

【出处】

选自唐·陈陶《陇西行》。

【赏析】

战争并不是非得写成血流漂橹才能感人，在此诗人匠心独运，把“河边骨”和“春闺梦”联系起来，写闺中妻子不知征人战死，仍然在梦中想念已成白骨的丈夫，使全诗产生了震撼心灵的悲剧力量。知道亲人死去，固然会引起悲伤，但如果确知亲人下落，却长年音讯全无，当人早已变成无定河边的白骨时，妻子却还在梦中盼他早日归来团聚。灾难和不幸已经降临到思妇身上，她不但毫无觉察，反而满怀着热切美好的希望，让读者读来也为之心碎。

永忆江湖归白发，欲回天地入扁舟。

【出处】

选自唐·李商隐《安定城楼》。

【赏析】

此诗写于唐文宗开成三年（838），当时26岁的诗人考博学宏词科刚刚落第，这是他在泾原节度使王茂元的府中做幕僚时登安定城楼遣愁言志的名作。诗人也曾有过远大的志趣和抱负，但当失意后登楼远眺时，壮美的山河、广阔的天地，顿时化为满眼的凄迷。此情此景，悲从中来，道出了压抑许久的悲伤。

此情可待成追忆，只是当时已惘然。

【出处】

选自唐·李商隐《锦瑟》。

【赏析】

李商隐是写情高手，他的诗极其缠绵悱恻、凄美绝伦。在这首诗中，诗人用两句话表现了曲折的意思，而几层曲折又只是为了说明那种怅惘的苦痛之情。李商隐一生的经历有难言之痛，至苦之情郁结在心中，发为诗句，往复低徊，有一种凄迷的感觉。李商隐的无题诗，自古以来都不被看成是纯情诗，往往认为是诗人另有不可明言的愁思。

身无彩凤双飞翼，心有灵犀一点通。

【出处】

选自唐·李商隐《无题》。

【赏析】

这两句自古至今都被两情相悦、心有灵犀的恋人传为千古绝唱。两句是说，自己身上尽管没有彩凤那样的双翅得以飞越阻隔与意中人相会，但彼此的心，却像灵异的犀牛角一样，自有一线相通。彩凤比翼双飞，常用作美满爱情的象征。这里用“身无彩凤双飞翼”来暗示爱情的阻隔，可以说是常语翻新。而用“心有灵犀一点通”来比喻相爱的双方心灵的契合与感应，则完全是诗人的独创和巧思。“身无”和“心有”相对，更把相恋中的人儿的默契和心心相印的情丝写尽了。

春心莫共花争发，一寸相思一寸灰。

【出处】

选自唐·李商隐《无题》。

【赏析】

人人尽知相思苦，偏偏还为相思人。这是深锁幽闺、渴望爱情的女主人公相思无望的痛苦呼喊。作者以“春心”比喻对爱情的向往，把“春心”与“花争发”联系起来，不仅赋予“春心”以美好的形象，而且显示了它的合理性。由香销成灰生出联想，创造出“一寸相思一寸灰”的奇句，化抽象为形象，不仅为美好爱情的毁灭洒了一把辛酸泪，而且也借闺怨之妇的口表达了自己怀才不遇之情。

春蚕到死丝方尽，蜡炬成灰泪始干。

【出处】

选自唐·李商隐《无题》。

【赏析】

这两句用“春蚕”和“蜡炬”为意象来描写自己对意中人的思念之深和对爱情的忠贞。“丝”与“思”谐音。以“春蚕之丝”比喻思念之深，以“蜡炬之泪”比喻爱情的坚贞。只有经过爱情的痛苦与欢喜的人，才有如此深切的感受。这两句看似重叠，实则各有侧重，上句情在缠绵，下句语归沉痛。李商隐以写爱情出名，从这两句中就可看出其不同于一般人的才情。这两句诗的含义，现在已有所转变，多用来形容默默地奉献精神。

座中醉客延醒客，江上晴云杂雨云。

【出处】

选自唐·李商隐《杜工部蜀中离席》。

【赏析】

这两句不能只从字面上来理解，是有深意的。其中的醉客实则指的是那些浑浑噩噩之辈，而“醒客”就是诗人自指了。“延”是请客人饮酒。这两句不仅互相对仗，而且句中自对，造句工整巧妙，富有音韵之美。上句的醉、醒既明指饮酒而言，又暗指精神状态；下句的晴、雨既指天气而言，也借喻社会的动乱不安，透露出诗人的无限忧虑与感慨。

烟炉销尽寒灯晦，童子开门雪满松。

【出处】

选自唐·李商隐《忆住一师》。

【赏析】

这是一首怀友之作，诗人并没有直接写自己是如何地思念故人，而是重现了往日很普通的一个交游场景，含蓄地表达出对往日深挚情谊的思念。烟炉销尽，寒灯晦暗，正是拂晓时佛殿的逼真写照。小童推开山门，只见皑皑白雪洒满苍翠的松枝。这两句似乎未写其人其事，然仔细吟味，却是其人宛在，其事历历在目，足以说明二人深夜长谈、忘却时间的深情厚谊。这一幅松雪图，让诗人重温了昔日相聚时的欢乐，饱含着诗人深沉的忆念之情。

梦为远别啼难唤，书被催成墨未浓。

【出处】

选自唐·李商隐《无题》。

【赏析】

所谓日有所思，夜有所梦。远隔千山万水的人只能在梦中相见。但又往往被现实击得粉碎。因此，梦醒之后的冲动就是给对方写信，强烈的思念驱使着抒情主人公奋笔疾书，倾诉衷情，这就是第二句中的“书被催成”之意。心情急切，墨未磨浓就写了起来，这一真切传神的描写，完全符合主人公当时的心境，很有生活实感。

采得百花成蜜后，为谁辛苦为谁甜？

【出处】

选自唐·罗隐《蜂》。

【赏析】

这两句有反复之意而无重复之感。意即蜜蜂为谁甜蜜而自甘辛苦呢？诗人先问蜜蜂“为谁辛苦”？又问“为谁甜”？多次反问正歌颂了蜜蜂的辛勤劳作，使人感慨无穷。作者从蜂的身上看到辛苦人生的影子，但只把蜂的劳作写下来，而不直接说教或具体比附，创造的形象也具有较大灵活性。一切全靠读者从中体悟。

心似百花开未得，年年争发被春催。

【出处】

选自唐·曹松《南海旅次》。

【赏析】

这是一首羁旅行役诗，诗人用比拟的手法，把自己备受压抑的心写了出来。含苞待放的百花就是比喻处在抑制状态的归心，每到春天他的心都受到刺激，引起归思泛滥，就像被春风催开的百花，竞相怒放，不由自主。想象一下号称花城的广州，那沐浴在春风里的鲜花海洋，我们不禁为作者如此生动、独到的比喻赞叹不已。这两句的比喻出人意料而又生动贴切，表现出归思的纷乱、强烈，难以遏止。

凭君莫话封侯事，一将功成万骨枯。

【出处】

选自唐·曹松《己亥岁》。

【赏析】

一个“凭”字，意在“请”与“求”之间，意即：行行好吧，可别提封侯的事啦。词苦声酸，皆由“凭”字而来。第二句意即将军封侯是用士卒牺牲的高昂代价换取的。这一句用了对比手法：“一”与“万”、“荣”与“枯”的对照，令人触目惊心。诗人张蠙有“可怜白骨攒孤冢，尽为将军觅战功”的诗句，二者的意思也大概相同，但是曹松诗却更词约义丰，更令人心情沉痛。

雨昏青草湖边过，花落黄陵庙里啼。

【出处】

选自唐·郑谷《鹧鸪》。

【赏析】

诗人又称“郑鹧鸪”，就是由此诗而得这个雅称，可见这两句诗的知名度。鹧鸪在暮雨中从青草湖边飞过，花落时在黄陵庙里啼唤。二句的妙处在于并没有对鹧鸪本身进行描绘，而是通过自然环境的烘托来表现鹧鸪的神韵。作者选择春雨濛濛的黄昏，在落红遍地的暮春时节，青草湖畔和黄陵庙里，无论是时间、地点都极易引起游子的乡思，再加上鹧鸪鸟那声声鸣叫，那份愁思就更浓得化不开了。

宁为宇宙闲吟客，怕作乾坤窃禄人。

【出处】

选自唐·杜荀鹤《自叙》。

【赏析】

这首诗写得极豪迈旷达，但仍然是一篇喟叹自己怀才不遇的佳作。在这两句中，诗人表明乐于贫困的心迹，意思是说：我宁愿安守穷途，做天地间一个隐逸诗人，绝不愿窃取俸禄，当人间的庸俗官吏。这两句上下对仗，一取一舍，泾渭分明，斩截有力，震慑人心。这种掷地作金声的语言表现出诗人冰清玉洁的品格。

逢人不说人间事，便是人间无事人。

【出处】

选自唐·杜荀鹤《赠质上人》。

【赏析】

这是一首与和尚的唱和之作。诗人高度赞赏了朋友“质”的佛性修为，所谓“世缘终浅道缘深”，在这位和尚身上表现得相当彻底，他完全游离于尘世之外。但作者面对晚唐战乱不止、民不聊生的多事之秋，又怎能缄口不语呢？所以这两句话既有对和尚的称赞和羡慕，也有诗人自己复杂心情的流露，诗意浅白，诗情却丰富，在夸赞朋友之时也表现了自己这个俗人不得不关心俗事的心情。

蝴蝶梦中家万里，子规枝上月三更。

【出处】

选自唐·崔涂《春夕》。

【赏析】

这是一首游子思乡诗。这两句写刚刚还做着欢乐的蝴蝶梦，但却又被凄苦的子规啼鸣声吵醒了。梦里的家园、亲人也一起消失了。游子从“蝴蝶梦”中获得片刻的回乡之乐，但梦醒之后，依旧孤眠异乡，岂不更加空虚、失望。“子规枝上月三更”，夜深人静，月光如水，子规鸟在月下苦苦啼叫。听着子规啼，想着蝴蝶梦，游子的心该是何等的痛苦哀伤。读着这样的诗句，谁能不为异乡漂泊的诗人一洒同情之泪！“蝴蝶梦”借“庄周梦蝶”的故事，指快乐的梦境。

一行书信千行泪，寒到君边衣到无？

【出处】

选自唐·陈玉兰《寄夫》。

【赏析】

“一行书”与“千行泪”构成了强烈的对比，极言纸短情长。“千行泪”包含的感情内容既有深挚的恩爱，又有强烈的哀怨，情绪复杂。“寒到君边衣到无”，在少妇心目中仿佛严冬正在和寒衣赛跑，十分生动地表现出了少妇心中的焦虑、对丈夫的关心。在形式上，这两句运用了复字，第一句中的“行”，第二句中的“到”，重复运用，构成了句中对，增加了诗的韵律感，有利于表达那种哀怨、缠绵的深情。

落花人独立，微雨燕双飞。

【出处】

选自唐·翁宏《春残》。

【赏析】

这是一首闺思之作。在落红无数的残春时节，很能触动人们青春难再、韶华易逝之感。这两句写一位女子独立庭院，感受了残花凋零的孤寂，又看到一双燕子在细雨中飞来飞去，很是自得。有感于燕子无知，尚能比翼双飞，而人虽多情，只能黯然独立，此情此景，使人如何忍受？诗人以燕双飞反衬人独立，把女子的内心愁苦推到了极点，使“景语”完全变成“情语”。两句写得细腻深刻而委婉含蓄，对仗工整而无雕琢痕迹，堪称佳句。

劝君莫惜金缕衣，劝君须惜少年时。

【出处】

选自唐·无名氏《金缕衣》。

【赏析】

这两句是劝君惜时的名句。只有经历过，才明白世上没有什么比时间更宝贵。正所谓“一寸光阴一寸金，寸金难买寸光阴”。“金缕衣”是华丽贵重之物，却“劝君莫惜”，是因为还有比它更贵重的东西，这就是“少年时”。青春对任何人也只有一次，一旦逝去永不复返，必须珍惜青春。

流水落花春去也，天上人间。

【出处】

选自南唐·李煜《浪淘沙令》。

【赏析】

这是李后主的后期词作，当时他已出降，囚居汴京，过着“日夕只以眼泪洗面”的囚徒生活，他的思念故国的哀痛之情与片刻的欢乐梦境相比，更加的凄凉。词中人物的心理活动、人生愁恨等抽

象东西也是通过艺术形象表现出来的。如以“流水落花”形容欢乐的一去不复返，以“天上人间”概括今昔生活对比，都是最好的形象比喻。“流水落花春去也，天上人间”照应该词开头的“春意阑珊”，同时也表达逝者如斯、时不再来、别时容易见时难的感慨。而“流水”“落花”“春去”三事又都是一去不复返的。帝王变囚徒，不也是天上人间的差别吗？无限凄苦之情，欲吐而止，余味无穷。

胭脂泪，留人醉，几时重。

【出处】

选自南唐·李煜《相见欢》。

【赏析】

这首词是李煜后期词作中的绝唱。写得凄凉悲壮、意境深远。“胭脂泪”是拟人手法的运用。

胭脂和泪是说那飘落遍地的红花被夹着晚风吹来的寒雨打湿，犹如美人伤心之极和着胭脂滴下的血泪。“醉”字，我们联系前后文来看，这里指心醉，即感情上的陶醉。然而，落花有意，风雨无情，人虽有心，美景难再，故才有“几时重”的疑问句式。

剪不断，理还乱，是离愁。

【出处】

选自南唐·李煜《相见欢》。

【赏析】

李煜的词作虽分为前后两期，但其为词的技巧却一向都以纯白描、比喻和缠绵悱恻的情感来打动人。国亡后，他的词一首首都泣尽以血，令人不忍卒读，无不抒发了他屈辱的亡国之恨和深切的故园

之思。愁恨本是主观抽象之物，这里通过比喻使之变得具体可感。就思绪的纷繁复杂无法理清而言，愁绪像一团乱麻，无始无终，越理越乱。快刀斩乱麻，麻丝纵乱总还是可以剪断的，但愁情却是剪不断的，就像流水一样，“抽刀断水水更流”。这是以有形喻无形，它使看不见摸不着的思维活动，获得了神奇的立体感和可视性，使所要表达的愁情更鲜明深刻。

宋朝诗词名句

来疑沧海尽成空，万面鼓声中。

【出处】

选自宋·潘阆《酒泉子》。

【赏析】

这是一首观潮词。钱塘观潮，自古称盛。这两句描写在江海相接之处，一线潮起，迅猛推进，转眼间翻为排空巨浪，扑面而来。仿佛浩瀚的大海顷刻间齐集江头，尽盖乾坤；又像千万面战鼓一起擂响，声震四野。作者在这里用了“来疑”二字间接描述钱塘的江潮，又用比喻、夸张等手法，把那排山倒海之势渲染得淋漓尽致。

鹤闲临水久，蜂懒采花疏。

【出处】

选自宋·林逋《小隐自题》。

【赏析】

这是隐逸诗人林逋的闲适诗。通过“闲鹤”“懒蜂”等意象的塑造，把自己悠然自得的隐居生活写得极富情致。诗人以一种亲昵而嗔怪的口气说：在我这隐居者的领地中，连那鹤、蜂竟也不同寻常。鹤嘛，本该探进水里捕捉鱼吃，现在它竟对着水久久地站着，悠闲极了；小蜜蜂呢，也懒得采蜜。透过鹤、蜂可见诗人自己正在有情致地观赏着那鹤、那蜂，品味着小隐生活的无穷滋味。

何事春风容不得？和莺吹折数枝花。

【出处】

选自宋·王禹偁《春居杂兴》（其一）。

【赏析】

这是一首托物言志诗，是诗人被贬商州时所作。作者通过咏叹风折花枝这样的琐事来曲折隐微地反映自己凄苦的生活，并抒发心头难言之痛。诗人住所简陋，惟在屋旁有一桃树、一杏花装饰点缀。可是这一日春风不但吹断了几根花枝，连正在树头啭鸣的黄莺也惊走了。于是诗人责问春风：你为什么容不得我家这点可怜的装饰呢？正是这无理的责问真切地描摹出了诗人心头的恼恨，由此也反衬出了诗人对那倾斜于篱前的桃杏和啭鸣于花间的黄莺的深厚感情，委婉地透露了诗人谪居生活的凄凉孤寂和对统治者不满的心意。

繁星晓埭闻鸡度，细雨春场射雉归。

【出处】

选自宋·杨亿《南朝》。

【赏析】

这是一首借古讽今诗。两句诗用了两处典故，借南朝天子的荒淫误国来讽刺当今圣上的浮华奢靡生活。“繁星晓埭闻鸡度”是写南朝天子荒于游猎，据史书记载：齐武帝经常带宫女去琅琊游玩狩猎，早晨出发经过玄武湖、北堤，晨鸡始鸣。“细雨春场射雉归”，据史记载：南齐君王特别喜爱射雉。东昏侯时，置射雉场二百九十六处。每次外出射猎，东昏侯为了不让人看见，常常临时驱赶百姓。诗人在写这首诗之前，宋与辽已订下了屈辱的“澶渊之盟”，诗人有感于国事的忧愁，遂对宋真宗进行了劝诫。

四面边声连角起。千嶂里，长烟落日孤城闭。

【出处】

选自宋·范仲淹《渔家傲》。

【赏析】

“边声”是指边城特有的一种声音。这种声音随军中的号角声而起，形成了浓厚的悲凉气氛。延州城处在层层山岭的环抱之中。“长烟落日”写出了塞外的壮丽风光，之后紧缀以“孤城闭”，气象便不相同。千嶂、孤城、长烟、落日、边声、号角声，展现在人们面前的是一幅充满肃杀之气的战地风光画面，特别是“孤城闭”三字，隐隐约约地透露出于宋朝不利的军事形势，也暗含了词人对时局的忧愁。

君看一叶舟，出没风波里。

【出处】

选自宋·范仲淹《江上渔者》。

【赏析】

这两句描绘了一幅扁舟出没风波图。表达了诗人对那些驾扁舟出没滔滔江浪中的渔民的关心与同情。一叶扁舟，出没风波里，真是“人命危浅，朝不虑夕”。渔人们为什么要冒这样的风险呢？诗人没有明说，便嘎然而止，而读者已经能够体会到作者的弦外之音了。这就是：渔民们完全是为生活所迫，鲈鱼之美完全是靠渔民之苦换来的啊！讽谏了那些不劳而获的贵族阶级。

明月楼高休独倚。酒入愁肠，化作相思泪。

【出处】

选自宋·范仲淹《苏幕遮》。

【赏析】

明月夜，独倚高楼，纵然良辰美夜，一个“独”字就把词人思旅愁闷不能入睡的情怀表述尽了。词人借美景来增添忧愁，为了消愁，词人借酒排遣：“酒入愁肠，化作相思泪。”但酒没有浇去心头愁苦，却反而变成了相思之泪，使人倍加伤情，更加怀念远方的亲人。

愁肠已断无由醉。酒未到，先成泪。

【出处】

选自宋·范仲淹《御街行》。

【赏析】

词人的愁绪纷繁，本想压抑住，想借酒浇愁，怎奈那酒还未到唇边，先已化作热泪盈眶，想求得一时的忘却，竟也无望了。这比起作者的《苏幕遮》：“酒入愁肠，化作相思泪”来更为凄切。

无可奈何花落去，似曾相识燕归来。

【出处】

选自宋·晏殊《浣溪沙》。

【赏析】

这两句词字面上是对自然景物的慨叹，实际上从“无可奈何”四字想去，便可知这绝非仅是对自然界中的“花”和“燕”的留恨。晏殊本是一位极多情之人，因此这两句的实意应该是对曾经美好的生活消逝的惋惜之情的流露。

春风不解禁杨花，濛濛乱扑行人面。

【出处】

选自宋·晏殊《踏莎行》。

【赏析】

这两句描绘的是暮春时节的景象，表达了词人无计留住春的忧愁。这两句虽是写景，但分明注入了作者自己的感情，说那春风竟不懂得管住杨花，任它漫天乱舞，这无异于说：再也无计留春。暗示了作者对时光流逝的惆怅；同时，杨花飘飞，突出了它的无拘无束和活跃的生命力，显示了作者对春暮夏初富于活力的自然景象的欣赏。

昨夜西风凋碧树，独上高楼，望尽天涯路。

【出处】

选自宋·晏殊《蝶恋花》。

【赏析】

原词是写离别相思之情的。昨夜西风劲吹，青绿的树叶纷纷凋落，我独自登上高楼，痴痴地望着那直通天涯的大路，凭高远望，不见所思，未免空虚怅惘。但无限阔远寥廓的境界又给人以精神上的满足，虽流露出了淡淡的离愁别绪之感，却没有太多相思之作的纤柔颓靡之息，语言极其精炼，境界亦相当高远。

梨花院落溶溶月，柳絮池塘淡淡风。

【出处】

选自宋·晏殊《无题》。

【赏析】

这首爱情诗写得极含蓄，主人公的庭院写得亦极华美。“溶溶月”“淡淡风”是诗人着意渲染的自然景象。这两句互文见义：院子里、池塘边，梨花和柳絮都沐浴在如水的月光中。阵阵微风吹来，梨花摇曳，柳条轻拂，飞絮萦回，是一个意境清幽、情致绵绵的境界。诗人触景生情自然极易引起往日的情思，于是便追忆了一段刻骨的相思。

沙上并禽池上暝，云破月来花弄影。

【出处】

选自宋·张先《天仙子》。

【赏析】

这是一首伤春词，词人追忆了少年的风流、慨叹了韶华的易逝、青春的难再。以池面上双双并栖的水鸟对照自己的决然独处，使人顿感烦恼。忽然一阵轻风吹过，吹散了云层，迎来了明月，花儿在微风中摇曳生姿，于月光下婆娑弄影。在这里，“破”“弄”两字，用得极其生动细致。天上，云在流；地下，花影在动，都暗示有风。

疏烟明月树，微雨落花村。

【出处】

选自宋·余靖《子规》。

【赏析】

这是一首辩护诗，写于友人范仲淹无故被贬之后。字里行间充满了朋友间的生死不渝之情。要了解全诗主旨须对前两句进行赏析。在诗中，诗人借子规的啼叫声直接昭示诗的主旨，“一叫一春残，声声万古冤。”子规凄厉的啼叫声，说明此鸟必有万古的沉冤，暗示范仲淹被贬是“万古”奇冤。“疏烟明月树，微雨落花村”两句是写景，疏烟明月、微雨落花，一幅春残之景。暮春时节，子规啼叫，声声入耳，不忍听闻。

人生自是有情痴，此until恨不关风与月。

【出处】

选自宋·欧阳修《玉楼春》。

【赏析】

欧阳修最为人称道的便是其艳情词。自古以来，多少痴男怨女留下了多少风月故事，他们不管是修得正果，还是为情所困，一律认作是东风与明月的从中调和。词人却一反常态，经过反省和思索，得出了“此恨不关风与月”的结论，体现了词人在风月之事上的极度清醒。

玉颜流落死天涯，琵琶却传来汉家。

【出处】

选自宋·欧阳修《和王介甫明妃曲》（其一）。

【赏析】

这是一首唱和之作，同时也有借古讽今之意。明妃，即王昭君。首句指明妃和亲客死胡地，揭示了明妃的流落之苦和无尽乡愁。“琵琶却传来汉家”，是指明妃以满腔的哀思信手成曲，曲谱流传到中原地区。按理说：明妃的“思乡曲”本应引起“汉家”的悲悯、同情与愤慨，然而“汉宫”中却将其视为“新声谱”来争相传唱，以别人的苦楚供自己享乐。原诗借汉言宋，说明朝廷中根本不知边塞之苦，有强烈的现实意义。

月上柳梢头，人约黄昏后。

【出处】

选自宋·欧阳修《生查子》。

【赏析】

这首词作者借元宵节的美好来歌咏和追怀一段美好的爱情。“月上柳梢头”一句，交待了约会的具体时刻，月、柳相映，使幽会更加添了几分诗情画意。十五的月亮，又亮又圆，它象征着男女美满的爱情。柳枝在皎洁的月光下轻轻摆动，这给约会的情侣增加了多少绵绵的情意啊！“人约黄昏后”是去观灯，还是互诉衷情？且不论要相约做什么，那份甜蜜与幸福早已流露给明月了。

泪眼问花花不语，乱红飞过秋千去。

【出处】

选自宋·欧阳修《蝶恋花》。

【赏析】

这是一首闺怨词。这里的花经过词人的拟人手法的运用，早赋予了人的思想感情。思妇以泪眼相看问花，花既不语，又纷纷飘飞秋千之外，是人有意还是花无情呢？还是人、花同一悲惨命运，以花飞花落暗喻思妇的无所依托，作者没有说明，只是以其生花妙笔，传达出一种缥缈的情思，让读者去琢磨、去思索，起到了言有尽而意无穷的效果。

庭院深深深几许？杨柳堆烟，帘幕无重数。

【出处】

选自宋·欧阳修《蝶恋花》。

【赏析】

这是一首闺怨诗。首句一连用了三个“深”字，却毫无重复之感，而是极言庭院的幽深。“几许”这个估计之词的加入，更以疑问的语气加重了“深”的程度，与下文“帘幕无重数”相映成趣。“杨柳堆烟，帘幕无重数”二句，说明一簇簇杨柳攒聚在一起，好像烟雾堆积，又像数不清的重重帘幕，造成内外阻隔，使得本来很深的庭院变得更加深邃了。生活在深深庭院中的一位贵族女子，整日一人独守空房，面对如此幽深的庭院，其身世之苦更让人同情了。

离愁渐远渐无穷，迢迢不断如春水。

【出处】

选自宋·欧阳修《踏莎行》。

【赏析】

这是一首羁旅行役词，在大好的春光中，诗人不能留在家乡和爱人一起欣赏景物，却要长途跋涉到一个遥远的地方去，怎么不使人感到忧愁呢？马不停蹄的走着，离家愈来愈远了。这离愁正像沿途经过的河流，来之无穷，去之不尽。眼前所见与心中所感，真是再也没有这样吻合的了。抽象的感情在词人笔下被写得具体可感，更能触动读者的情思。

堤上游人逐画船，拍堤春水四垂天。

【出处】

选自宋·欧阳修《浣溪沙》。

【赏析】

原词是写春日泛舟的欢乐与感触。“堤上游人逐画船”，写堤上游人众多，一个“逐”字不仅将堤上游人的欢乐状况生动地展现了出来，而且也将水面画船里的游客的情况呼应了起来。堤上与水上尽是游兴正浓的人们，但是乘船在水中泛舟之游比之在堤岸上游玩自当胜过一筹，更具有吸引力。因此，这个“逐”字，就将堤上游人对水中画船的热衷之情点画出来。“拍堤春水四垂天”，写天幕四方垂地，一湖春水仿佛有意为游人助兴似的，荡起一阵阵清波，欢快地拍打着堤岸。一个“拍”字，把春水活

【汉宫春晓】卷 局部［清］院本 中国台北故宫博物院藏

【汉宫春晓】卷 局部 〔清〕院本 中国台北故宫博物院藏　58-5

泼的生命刻画出来，水天一色，浩浩荡荡的春水，似乎与四方垂地的天幕连成了一片。

微动涟漪，惊起沙禽掠岸飞。

【出处】

选自宋·欧阳修《采桑子》。

【赏析】

这首词是词人谪居颍州（今安徽阜阳）时所作。这两句通过描写西湖的优美和幽静，表达了词人不为案牍劳形后的闲适情怀。词句意境优美，富有神韵。

绿杨烟外晓寒轻，红杏枝头春意闹。

【出处】

选自宋·宋祁《玉楼春》。

【赏析】

“绿杨烟外晓寒轻”是远观，远处的杨柳如烟，一片嫩绿，虽说是清晨，寒气却很轻微。“轻”字虽是“费许大气力”之笔，却给人以轻灵之感。寒暖何言轻重？因为在口语里，轻也有微弱之意。“红杏枝头”句又是“特写”，专写杏花，而以杏花的盛开托出春意之浓。一个“闹”字，就把烂熳的春光、盎然的万物写活了。

人言落日是天涯，望极天涯不见家。

【出处】

选自宋·李觏《乡思》。

【赏析】

这是一首思乡曲。诗人客居他乡，在日落黄昏的时刻更加思念故乡。落日西沉，暮色从天际飘来，把诗人的视野压迫到近前的碧山。人们都说落日处是天涯，可我望尽天涯，落日可见，故乡却不可见，故乡实在在天涯之外。二句极力写出故乡的遥远。正是如此不近情理的空间距离的描写，表现出了诗人更加浓郁的乡愁。

碧瓦烟昏沉柳岸，红绡香润入梅天。飘洒正潇然。

【出处】

选自宋·王琪《望江南》。

【赏析】

这是一首闺怨词，“红绡”一般指女子的衣饰。原词通过写江南风雨寄远怀人。青青的岸柳掩映着碧瓦楼阁，一起沉进了迷茫的烟雨里，真是“黄梅时节家家雨”，到处都被濛濛的细雨笼罩着。一入梅雨天，那潮湿的空气将染香的红绡都湿润了。这个特殊的意象，为下面隐写雨中闺怨打下了伏笔。

“飘洒正潇然”，不仅写出了梅雨随意飘洒的悠然，也流露出了女子犹如梅雨般绵绵的愁思。

一水护田将绿绕，两山排闼送青来。

【出处】

选自宋·王安石《书湖阴先生壁》（其一）。

【赏析】

这是一首闲情诗。是诗人隐居金陵时，写在其好友湖阴先生的屋壁上。“一水护田”加以“绕”字，可见小溪曲折生姿，环绕着绿油油的农田。至于“送青”之前冠以“排闼”二字，更是神来之笔。它既写出了山色不只是深翠欲滴，也不只是可掬，而竟似扑向庭院而来！这种描写给予读者的美感极为新鲜生动。它还表明山的距离不远，就在杨家庭院的门前，所以似乎伸手可及。此诗对于“一山”“两水”的拟人化，既以自然景物的特征为基础，又与具体的生活内容相吻合，读之使人无不感到有一种悠然适然的情致。

青山缭绕疑无路，忽见千帆隐映来。

【出处】

选自宋·王安石《江上》。

【赏析】

晚年的王安石追求的是心灵的宁静悠然，在隐居地金陵钟山，他创作了大量精致的七绝来表达自己洒脱淡然的心绪。“青山缭绕疑无路”是指云转到江边的青山，山是纠结盘曲，像是要挡住诗人前行的去路，然而远处忽隐忽现的点点帆影，正告诉人们前途遥远，道路无穷。这两句写江行的特殊感受，不仅有景，而且景中有人，景中有意，蕴含深邃的哲理于寻常景物之中。启人遐思，耐人寻味。

细数落花因坐久，缓寻芳草得迟归。

【出处】

选自宋·王安石《北山》。

【赏析】

王安石晚年隐居今南京紫金山的山腰中，因此号称“半山”。紫金山又叫北山，原诗是作者写他住在紫金山时的闲适之情。由于作者心情悠闲，一坐就是半天，便不由地数起了地上的残花，当他感到有些疲倦了，便站起来往家走，悠哉游哉，便又开始注意地面上长出的青草，也就走得极慢，或许归家就迟了些吧！

春风又绿江南岸，明月何时照我还。

【出处】

选自宋·王安石《泊船瓜洲》。

【赏析】

一个“绿”字不仅描绘出了江岸美丽的春色，而且写活了春日的勃勃生机，极其富于表现力。本句描绘生机盎然的景色与诗人奉召回京的喜悦之情相谐合。“春风”一词，既是写实，又有政治寓意。“明月何时照我还”，是从时间上说，已是夜晚。诗人回望既久，不觉红日西沉，皓月初上，隔岸的景物虽然消失在朦胧的月色之中，但归家的急切心情却更加深切。

草草杯盘供笑语，昏昏灯火话平生。

【出处】

选自宋·王安石《示长安君》。

【赏析】

这首诗是王安石出使辽国前写给其妹的家书，剪裁了两个平常的生活片断，却表达出了兄妹之间感情的深厚。“草草杯盘供笑语，昏昏灯火话平生”

句准确地选择家庭生活的细节，运用恰当传神的语句，创造出一个温暖亲昵的家庭气氛的意境，以实证虚，说明自己的手足之情和家庭之乐，以见“怆情”的真实。“草草”修饰“杯盘”，可见酒菜的简单——家常便饭是也；“昏昏”修饰“灯火”，除了说明随便，还说明兄妹两个在灯火下促膝谈心的情景，所以席间谈笑风生，灯下推心置腹。“供”、“话”二字看似信手拈来，其实是千锤百炼才得到的。

遥知不是雪，为有暗香来。

【出处】

选自宋·王安石《梅花》。

【赏析】

这首咏梅诗歌颂了梅花不畏严寒，于万花凋零之后敢于独放枝头的高洁品格。但原诗并不在画面上以雪映梅，也不是在意象上以梅拟雪。虽然繁花似雪，但诗人“遥知不是雪”。提出雪，是为了逗出梅花的香。意思是说：雪是高洁的，但梅花除了具有雪一般的高洁之外，还具有雪所不具有的香的品格。这梅花不仅凌寒呈艳，而且在严寒中送出暗香。严寒既压不倒梅花的色，也压不倒它的香，于此更显示它“凌寒”的傲骨。

夕阳牛背无人卧，带得寒鸦两两归。

【出处】

选自宋·张舜民《村居》。

【赏析】

这两句描绘了一幅秋日村居图。突显了村居的那份清寂淡雅。牛啼声打破了沉寂，诗人把镜头转移到院外。夕阳西沉，暮色朦胧，老牛缓缓归来，牛背上并不是短笛横吹的牧牛郎，而是伫立的寒鸦。寒鸦易惊善飞，却在这宁静的气氛中悠闲自得，站立牛背，寒鸦之静附于牛之动，牛之动涵容了寒鸦之静，以动照静，以静衬动，大小相映成趣，反映了秋日乡村的闲适之美。

十年生死两茫茫，不思量、自难忘。

【出处】

选自宋·苏轼《江城子》。

【赏析】

这是苏轼的一首悼亡之作。诗人与亡妻王弗伉俪情深，感情真挚，天人永隔，已经十载。此词发端从夫妻双方十载生死相隔、音讯渺茫写起，正所谓开篇顿入正意。“两茫茫”是说自己和亡妻十年来互相遥念却各无消息。“茫茫”状述出词人无边怅惘、无限空虚的情怀。作者本来时时思念亡妻，但偏用“不思量”三字逆接句首，再反衬出“自难忘”三字，笔势摇曳跌宕。即使不去思量亡妻的音容笑貌也时留脑际，愈见感情深挚。道出了诗人不思自思、想忘难忘的痴情。

人有悲欢离合，月有阴晴圆缺，此事古难全。

【出处】

选自宋·苏轼《水调歌头》。

【赏析】

这首词是词人写给其弟苏辙的一首月夜抒怀词。词人借自然界月亮的阴晴圆缺来比喻人世间人生的悲欢离合，由此得出凡事不必追求完美无缺的境界。双关自然和社会，用变幻不拘的社会规律说明人间合少离多的事实，不必因月的圆缺、人的离合而生无谓的怅恨。此词意境旷达，不仅是劝弟之作，也是自慰之词。

大江东去，浪淘尽，千古风流人物。

【出处】

选自宋·苏轼《念奴娇·赤壁怀古》。

【赏析】

这首词是作者被贬黄州游赤壁时凭吊古战场的怀古之作，风格极劲雄豪放。作者从滚滚东流的长江着笔，随即用“浪淘尽”把大江与千古人物联系起来，布置了一个极为广阔久远的空间时间背景。它既使人看到大江的汹涌奔腾，又使人想见风流人物的非凡气概，体味到作者兀立长江岸边对景抒情的壮怀，气魂极大。此词一扫北宋缠绵悱恻的艳情词坛，以诗入词，遂令词境为之宽广。

不识庐山真面目，只缘身在此山中。

【出处】

选自宋·苏轼《题西林壁》。

【赏析】

这是一首哲理诗。这是诗人游遍庐山之后对庐山全貌的概括总结，之所以认不清它的真面目，那是因为你置身在庐山中。在山的某一局部时，只能看到庐山的某一处。全诗道出了一个平凡的哲理，包括了全体与部分、宏观与微观等耐人寻味的概念。苏轼慨叹身在山中反不识山的真面目之时，其实是识了庐山真面目之后悟道之言，是经过横看、侧看、远看、近看、高看、低看，在胸中凝聚了局部的诸多认识因而对庐山的全貌有了深刻的印象之后，才悟到“身在山中”，即身在其中却反而不能识山全貌的哲理。

只恐夜深花睡去，故烧高烛照红妆。

【出处】

选自宋·苏轼《海棠》。

【赏析】

这首诗作于苏轼被谪黄州时，其居定惠院之东，有海棠一株，被苏轼视为知己。这两句诗，作者由花及人，生发奇想，深切巧妙地表达了爱花惜花之情。诗人在此以花喻人。在诗人的想象中，眼前这株海棠花也会像人一样因夜深而睡，所以特意点燃高烛，照耀海棠，使她不致睡去。诗人这样做是怕良辰早逝、美景难再，大大地触动了后人的心灵，故被广泛传唱。

竹外桃花三两枝，春江水暖鸭先知。

【出处】

选自宋·苏轼《惠崇春江晚景》。

【赏析】

这两句描绘了一幅春江晚景图，也是诗人为其友人惠崇的画所配的诗。“春江水暖鸭先知”意思是：鸭子常在水中，水开始变暖，它就首先知道。这句诗现在用来表示深入生活、参加实践的重要。“竹外桃花三两枝”，也是说明春天已经来临，两三枝桃花在竹林旁边绽放。

但愿人长久，千里共婵娟。

【出处】

选自宋·苏轼《水调歌头》。

【赏析】

这两句千古传唱，历久弥新。当此中秋月圆之时，但愿人世间所有离别的亲人青春长在，既使相隔千里，亦是共赏一轮明月，给亲人发出了深挚的祝愿，给全词增加了积极奋发的意蕴。词的意境愈见澄澈悠远，词的情思也愈加殷切绵延。

明月几时有，把酒问青天。

【出处】

选自宋·苏轼《水调歌头》。

【赏析】

这首词系词人醉后抒怀、兼怀子由之作，写于宋神宗熙宁九年的中秋节。“明月几时有”一问作为原词开头，排空直入，笔力奇崛。诸家指出此词意和屈原《天问》、李白《把酒问月》有传承关系，这正可说明作者“奋励有当世志”，而又不谐尘俗的怫郁心理。要排除这种怫郁的心情，只有借酒浇愁。

枝上柳绵吹又少，天涯何处无芳草。

【出处】

选自宋·苏轼《蝶恋花》。

【赏析】

这是一篇惜春词，感叹春光的易逝、春光的短暂。柳絮纷飞已标志着“春去也”，更何况“吹又少”呢？但这种相似写法又不露痕迹，故不觉重复，倒给人以缠绵悱恻之感。“何处无芳草”是到处皆芳草之意，伴随着芳草茂的必然是百花残，再次抒发了伤春之情。后人常用“天涯何处无芳草”来慰勉、鼓舞那些情场失意的人。恋情过去就过去了罢，再伤心也是徒然的，大丈夫何患无妻，三步之内必有芳草。

欲把西湖比西子，淡妆浓抹总相宜。

【出处】

选自宋·苏轼《饮湖上·初晴后雨》（其二）。

【赏析】

这是歌咏西湖的一首佳作。诗人把西湖比喻成西施，高度赞美了二者的神韵美。对西湖来说，晴也好，雨也好；对西施来说，浓妆也好，淡抹也好，都无改其美，只能增添其美。“欲把西湖比西子，淡妆浓抹总相宜”，是才华横溢的诗人妙手偶得的取神之喻，后人对这一比喻深为赞赏，常在诗中提到，王文浩在其《苏文忠公诗集编注集成》中称这首诗是“前无古人，后无来者”的“名篇”。

黑云翻墨未遮山，白雨跳珠乱入船。

【出处】

选自宋·苏轼《六月二十七日望湖楼醉书》（其一）。

【赏析】

这首诗描绘了一幅夏日急雨图。写于熙宁五年作者在杭州任通判时。当天诗人正在游西湖，看到奇妙的湖光山色写了这首诗。诗人写一场风雨变幻十分生动。他那时是坐在船上，船正好划到望湖楼下，忽然远处天上涌起来一片黑云，就像泼翻了一盆墨汁，半边天瞬时昏暗。这片黑云不偏不倚，直向湖上奔来，一眨眼功夫，便泼下一场倾盆大雨。只见湖面上溅起无数水花，那雨点足有黄豆大小，纷纷打到船上来，远远望去，就像是从天上撒下来的珍珠似的掉落船中，耳边全是乒乒乓乓的声音。

衣上酒痕诗里字，点点行行，总是凄凉意。

【出处】

选自宋·晏几道《蝶恋花》。

【赏析】

这是一首欢宴之后的感怀诗。通过衣衫上的酒痕和诗句中的行行字抒发了词人无限的凄凉意绪。胜游欢宴既不可再，怀念旧人，检点旧物，则惟见“衣上酒痕”。这沾在衣上的一点一滴的酒痕，乃是西楼欢宴时留的痕迹。“酒痕”应上词中“醉”字。还有“诗里字”，这写在纸上的一行一行的字是词人在饮酒后的“狂篇醉句”。今日观之，亦能让人体会到词人的悲凉。

舞低杨柳楼心月，歌尽桃花扇影风。

【出处】

选自宋·晏几道《鹧鸪天》。

【赏析】

这是一首艳情词，写的是词人与情人不期而遇的欣喜之情。在杨柳环抱的楼中，你翩翩起舞，娜娜多姿，徐徐地摇着桃花扇，舒展歌喉，婉转袅绕；轻歌曼舞，直到高楼照台的明月低到杨柳梢头，那桃花团扇也因困倦而停止了摇动。这里不用“嘹亮”“婉转”“婆娑”“美妙”等词汇去形容歌声舞态，而借时间的推移，淋漓尽致地刻画出歌舞的尽态极妍，以及与会者尽情欢度此一良宵的情景。词人在此用了“化实为虚”的艺术手法，这个欢乐的场面其实是通过主人公的回忆展现出来的。

我住长江头，君住长江尾。日日思君不见君，共饮长江水。

【出处】

选自宋·李之仪《卜算子》。

【赏析】

这首词词人摹拟一个痴情女子的声口，直白地道出了她对情郎相思若渴的情怀，表现了她忠贞的爱情观。对句中“长江头”“长江尾”，不可过于拘泥，它并非实指地理上的长江源头与入海口，而是说男女双方所居之地一为上游，一为下游，相隔甚远。这位女子伫立江头、翘首遥望、朝思暮想，但始终看不见情郎的身影，唯有那默默东去的江水，似乎在诉说着相思的情愫。

有情芍药含春泪，无力蔷薇卧晓枝。

【出处】

选自宋·秦观《春日五首》（其一）。

【赏析】

细雨之后，春色更浓。各种花卉草木，更是姿态万千。原诗对自然景物不是一般的客观描摹，而是赋予人的情态，收到了情景相生的艺术效果。一个“含”字，一个“卧”字，不仅刻画了芍药、蔷薇经雨后的娇弱状态，传出了它们的愁绪，就连诗人的惜花之情，也都包孕在其中了。和风细雨尚且如此，狂风暴雨又将如何呢？芍药婷婷玉立，故有“含春泪”；蔷薇攀枝蔓延，故有“无力卧”之状。由于作者完全把握住了事物的不同特征和内在精神，不仅状物极传神，而且借景抒情也极蕴贴。

两情若是久长时，又岂在朝朝暮暮。

【出处】

选自宋·秦观《鹊桥仙》。

【赏析】

词人认为：两情相悦固然美好，但不可能会朝暮相处。只要两情坚贞，又何必多相守？这首词立意高远胜过白居易《长恨歌》以永远相爱不相离为爱情的最高愿望："七月七日长生殿，夜半无人私语时；在天愿作比翼鸟，在地愿为连理枝。"秦观的这句词极富哲理，常被用来表达坚贞持久的爱情，成为千古绝唱。

便做春江都是泪，流不尽，许多愁。

【出处】

选自宋·秦观《江城子》。

【赏析】

词人极度愁苦，只好倚楼远眺，想缓解心情。他目光掠过浩荡东去的春江，景与情会，忽地萌动一个惊人之想：满江春水都竟然变成了一江辛酸之泪，但接着一想：即便如此，也流不尽自己胸中的无限离愁啊！"愁"本是极抽象的感情，词人却能化抽象为具体，将其喻为"一江春水"，来写其愁苦之无穷尽，无断绝，亦可见其泪之多矣。

飞云冉冉蘅皋暮，彩笔新题断肠句。

【出处】

选自宋·贺铸《青玉案》。

【赏析】

这首词其实是抒发自己悒悒不得已之作，而不是肤浅的相思之作。“飞云冉冉”是实写当前的景色。“蘅皋暮”，是说在生长着杜蘅这种香草的泽边，徘徊已久，暮色飞临，也是实写。“彩笔新题断肠句”，承上久立蘅皋，伊人不见来。由于此情难遣，故虽才情富艳，有如江淹之曾得郭璞在梦中所传的彩笔，而所能题写的，也不过是令人伤感的诗句罢了。提起笔来，万种闲愁郁胸，写出的诗句也只是些伤感的断肠句了。

梧桐半死清霜后，头白鸳鸯失伴飞。

【出处】

选自宋·贺铸《半死桐》。

【赏析】

这是一首悼亡词，写得极为凄凉。古诗中常以梧桐半死比喻丧偶。在这两句词中，作者以连理树半死、双栖鸳鸯失伴来象征自己丧偶；更以“清霜”二字，写秋天霜降后梧桐枝叶凋零来比喻妻子死后自己也垂垂老矣；以“头白”二字，借用鸳鸯头上有白毛来比喻自己也到了满头青丝渐成雪的年纪。这两句描写了妻亡以后自己的孤苦凄凉，可与苏轼的《江城子》“十年生死”相媲美。

鹅鸭不知春去尽，争随流水趁桃花。

【出处】

选自宋·晁冲之《春日》（其一）。

【赏析】

词人作此词时已垂垂老矣，大好的年华已如逝水东流，人的春天过去了，却遇上了桃李春风、鸟语花香的春日，以人生的秋天面对妍丽的春光，有感而发。诗中描写小溪中的鹅鸭不知春天将要逝去，争先恐后，在溪中游来游去，追逐着落在水中的桃花。从鹅鸭逐春的描写中，引起了词人对往夕年华的回忆，流出了淡淡的哀愁。

一曲《阳关》，断肠声尽，独自凭兰桡。

【出处】

选自宋·柳永《少年游》。

【赏析】

《阳关》是唐时流行的送别曲，是根据大诗人王维《送元二使安西》绝句制成。原词是柳永漫游长安离开时所作。所以在这支送别曲乐声尽时，作者就悲不自胜而肝肠寸断。这是以耳中所闻，极写离愁之苦。末句“独自凭兰桡”，以一个画面作结，给人意犹未尽的感觉，把主人公独自倚在船舷上的神情和孤寂难耐的情怀写到了极致。“兰桡”，本指划船的浆，这里代指船。

夕阳鸟外，秋风原上，目断四天垂。

【出处】

选自宋·柳永《少年游》。

【赏析】

这首词在情调与声音方向，把秋日之景写得很有特色。“夕阳鸟外”意说飞鸟隐没在长空之外，而夕阳之隐没则更在飞鸟之外，故曰“夕阳鸟外”。值此日暮之时，郊原上寒风四起，故曰“秋风原上”，此情此景，读之如在目前。然则在此情此景之中，此一失志落拓之词人，又往哪儿去寻找归宿？“目断四天垂”，描绘出一幅天之苍苍，野之茫茫，词人双目望断而终无一可供投宿之处。

多情自古伤离别，更那堪冷落清秋节。

【出处】

选自宋·柳永《雨霖铃》。

【赏析】

长亭送别，本就惹人懊恼，更何况是在冷落萧瑟的清秋时节。作者在此叹息从古到今离别之可哀，“更那堪”句是从江淹《别赋》的情思中提炼出的，把自己与情人长亭分别的那份惆怅之情又推进一层。

念去去、千里烟波，暮霭沉沉楚天阔。

【出处】

选自宋·柳永《雨霖铃》。

【赏析】

本句接上句“执手相看泪眼，竟无语凝噎”。在执手、相看、无语中，更使人伤心失魄。“念去”以后，一改上句中回环、顿挫、吞吐之能事，大气包举，一泻千里，似江流出峡，直驰平川，词则直抒胸怀。以“念”这一领字带起，设想了分离之后的辽远道路和渺茫的前途。虽然全是状景之词，但是情由景生，景无限表明了情也是无限的。

绿芜墙绕青苔院，中庭日淡芭蕉卷。蝴蝶上阶飞，烘帘自在垂。

【出处】

选自宋·陈克《菩萨蛮》。

【赏析】

这是描摹闺妇口气写的一首恬淡清雅的词，写出了女主人公闲适自得的情绪。“绿芜墙绕青苔院，中庭日淡芭蕉卷”点明时间及闺妇所居。“中庭”句写庭院春景：淡云、春阳、卷蕉，极雅致和谐。“蝴蝶”二句动静结合，既破静为动，又动中显静，极得静穆之神韵。蝴蝶款款翩翩，飞上玉阶；烘帘（指阳光映照的帘幕）自然下垂。两者相映成趣，暗衬出帘内闺妇于此不闻不见、悠然自得的神态。

梧桐叶上三更雨，叶叶声声是别离。

【出处】

选自宋·周紫芝《鹧鸪天》。

【赏析】

原词是一首秋夜怀人的词。秋雨正敲打着窗外的梧桐，发出一片滴滴的声音，好一个凄凉的秋声；秋雨与其说敲打着窗户，不如说敲打着窗内失眠者的心扉，使充满离别相思之情的心灵发出痛苦的叹息，那绵绵不止的梧桐秋雨，不正是离人连绵不继的相思之泪吗？在这里作者善于把室内外的环境气氛和长夜失眠的心理融成一片，化叙述为抒情，点出“离别”二字，既为上片作一结穴，又极自然地为下片的追忆往昔做了铺垫。

但得众生皆得饱，不辞羸病卧残阳。

【出处】

选自宋·李纲《病牛》。

【赏析】

这标题虽说是讴歌病牛之词，其实是诗人自喻坎坷与辛酸。“但得众生皆得饱”，以牛的口气对原诗中“力尽筋疲谁复伤”作答，把牛人格化，语气由上句的悲怨转为乐观、高旷，由牛转向大众百姓，突破了传统的自叹自怜。连用两“得”字，使语气更为强烈。“羸病卧残阳”，把牛置于夕阳下，气息奄奄的特定环境，更衬托出病牛的悲惨结局。然而因为又用了“不辞”二字，整首词的基调便变了，变悲凉为慷慨了。

儿女不知来避地，强言风物胜江南。

【出处】

选自宋·吕本中《连州阳山归路》。

【赏析】

这首诗是诗人避乱岭外、得归湖南的途中之作。上面两句诗描写细腻，语意凄婉。诗人因避乱来到湖南，身心憔悴，当然没有心思来欣赏这里的美好风光，但是小儿女不解父亲此刻的心情，所以，偏偏要说湘中风光胜似秀丽的江南，这种情景是两种不同的境界与心情。当时金兵正不断南犯，中原遍地战火，人民灾难深重。诗人以病弱之躯来湖南避乱，不论多么赏心悦目的美景也不能缓解他那沉重的心情。可是他的这些想法，幼小的儿女又怎能知晓？

萋萋芳草忆王孙，柳外高楼空断魂，杜宇声声不忍闻。

【出处】

选自宋·李重元《忆王孙·春词》。

【赏析】

这是一首闺怨词。抒发了女主人对远游未归的丈夫的怀念。“王孙”指游子。春草茂盛，春光撩人，而良人未归，不免引起思妇登楼伫望，希望能奇迹般地看到所怀念的人归来。可是烟柳外的高楼挡住了她的视线，这使她感到失望，感到伤心。女主人正在失望伤心时，偏偏听到杜鹃“不如归去”的鸣声，更加重了她对丈夫的思念心情。

天接云涛连晓雾，星河欲转千帆舞。

【出处】

选自宋·李清照《渔家傲》。

【赏析】

这是李清照早期的一首词作，是一首述志词，写得相当豪迈与疏放。整首词通过对梦境的描写，抒发词人渴望自由、追求光明的情怀。作者以浪漫主义情怀开篇，描绘了一个神奇的梦境：辽阔的海天，迷茫的水雾，云朵卷动着飞涛叠浪，这是破晓天空的实写。“银河”泛指银河与众星。星斗在天际运行，星光闪烁而流动，像许多小船上下飞舞，这是飞向天空的虚写。女词人继承屈原、李白的传统，驾着浪漫与想象的小舟，驶飞到天帝的寓所，这表露出女词人不满人间的黑暗，憧憬天上的光明，追求美妙的幻想，寻找精神的归宿。

东篱把酒黄昏后，有暗香盈袖。

【出处】

选自宋·李清照《醉花阴》。

【赏析】

这是一首刻骨的相思之词，整首词中虽未提到“相思”二字，但从那个整日忧愁的少妇的形象中便可窥见。黄昏时分，词人东篱赏菊，借酒浇愁。这句词把一位不堪忍受离别之苦的少妇形象生动地展示在我们面前，西风拂动着她的衣袖，几朵黄花瑟缩开着，地上散落着片片花瓣，菊花那清淡的香气袭满了衣袖。词人孤独地伫立着。

生当作人杰，死亦为鬼雄。

【出处】

选自宋·李清照《夏日绝句》。

【赏析】

这是李清照的一首咏古诗，高度评价了项羽的一生功过。其用意是借古讽今，发抒悲愤之情。项羽在垓下一战，为刘邦所败，逃至乌江，乌江亭长劝他暂避江东，重振旗鼓，但他以“无颜见江东父老”而自杀。此事的得失可置之不论，但他的生为人杰、死为鬼雄的豪壮气概令人感动。此诗后两句虽是说项羽，其实是暗讽南宋小朝廷的偏安一隅和懦弱苟且的状况。

只恐双溪舴艋舟，载不动，许多愁。

【出处】

选自宋·李清照《武陵春》。

【赏析】

这是一首春日咏怀诗。明媚的春光引不出词人的一丝笑颜，为了摆脱愁闷的心情，打算泛舟散心，又怕自己的忧愁太重，小舟无法承载，只好放弃。李后主煜《虞美人》中“问君能有几多愁？恰似一江春水向东流。”只是以江水之多比愁之多而已。秦观《江城子》中“便做春江都是泪，流不尽许多愁。”则愁已物质化，变为可放在江中、随水流尽的东西了。李清照又把它搬上了船，于是愁竟有了重量，不但可以随水而流，并且可以用船来载。

寻寻觅觅，冷冷清清，凄凄惨惨戚戚。

【出处】

选自宋·李清照《声声慢》。

【赏析】

这是李清照后期的词作。描写的是国亡夫丧之后自己孤苦伶仃的惨景和寂寞冷落的心情。词中主人公一整天的愁苦心情从“寻寻觅觅”开始，可见她从一起床便百无聊赖，恍如有失，于是东张西望，仿佛飘流在海洋中的人要抓住点什么东西才能得救似的。下文“冷冷清清”是寻觅的结果，不但一无所获，一种孤寂清冷的气氛袭来，反使自己感到凄惨忧戚。于是紧接着再写了一句“凄凄惨惨戚戚”。仅此三句，短短十四个字便把一个年老而又无助的女人的愁惨之状刻画了出来。

此情无计可消除，才下眉头，却上心头。

【出处】

选自宋·李清照《一剪梅》。

【赏析】

李清照和赵明诚夫妻志同道合，感情很深。正因为爱之深，才会思之切。词句描写情深愁浓，由眉头过渡到心头是多么地迅速、短暂。真是“剪不断、理还乱”。短短数语，淋漓尽致地表达了相思之苦，形象生动，给人留下极深刻的印象。为后人抒发相思提供了佳句。

花自飘零水自流，一种相思，两处闲愁。

【出处】

选自宋·李清照《一剪梅》。

【赏析】

这首词写出了李清照与丈夫深刻的相思之情。词人以花落水流比喻青春易逝，光阴难驻。“一种相思，两处闲愁”写自己思念丈夫，又设想丈夫思念自己；自己相思难熬，又设想明诚的闲愁也不易排遣。这种人虽处两地、两心却不点即通的感情描写，把夫妻二人的相思之情又推上了一个高度。

知否？知否？应是绿肥红瘦。

【出处】

选自宋·李清照《如梦令》。

【赏析】

这首小令是词人早期的一首词作，描写了词人闺中生活的场景。词人从沉睡中醒来，问侍女海棠花在经历一夜风雨后的情况，得到了漫不经心的答语。“知否？知否？”表示出女词人对花的关心，问得那么认真；出于惜花的心情，驳得那么恳切。结句“应是绿肥红瘦”，是她脑中浮现的景象和感受。“绿肥红瘦”四个字，含蓄委婉地写出了她对好花常开、春光易逝的无限惋惜心情，也体现了词人心灵的纯净和情趣的高雅。

染柳烟浓，吹梅笛怨，春意知几许。

【出处】

选自宋·李清照《永遇乐》。

【赏析】

靖康之变以后，词人流落到了江南，本词就是词人避乱金华、临安时的生活写照。初春柳枝刚刚出芽，略呈淡黄色，但由于似烟如雾的渲染，柳色似也很深，故曰“染柳烟浓”。笛子吹奏着哀怨的《梅花落》曲调，那早开的梅花似乎已经凋落，这眼前的春色还有多少。显示了词人在经历沧桑之后，对于一切都感到变幻莫测，因而顾虑重重。

莫道不消魂，帘卷西风，人比黄花瘦。

【出处】

选自宋·李清照《醉花阴》。

【赏析】

“瘦”字用来形容“黄花”，很有创意。因为词人怜花，所以当她看到西风吹动帘子的同时就想到了西风也在吹动着菊花，感到菊花随着气候变冷而逐渐变瘦了。因为作者自怜，所以很自然地联想到自己比黄花还要瘦。这三句词，营造出一个凄清寂寥的深秋怀人境界。

常记溪亭日暮，沉醉不知归路。

【出处】

选自宋·李清照《如梦令》。

【赏析】

这是词人早期的一首词作，描绘了一个率真活泼、热爱生活的少女形象。“溪亭”“日暮”为下句“沉醉”二字点出醉饮的地点和饮罢的时间。溪亭醉饮，不知归路，表示游兴沉酣，乐而忘返，反映了女性词人的士大夫情趣，揭示了女词人的倜傥豪放与洒落的性格。

暖雨晴风初破冻，柳眼梅腮，已觉春心动。

【出处】

选自宋·李清照《蝶恋花》。

【赏析】

这是一首以乐景来写离愁别绪的词。暖和的雨、晴朗时的风，驱走了严寒，开始破除了冰冻。初生的柳叶细长如人眼，盛开的红梅艳丽如人颊。春天已经来临了。柳眼梅腮，语意双关，既补充前句，柳萌梅绽，景色宜人，又极为简练地刻画出一个思妇的形象，既新鲜、生动，又增强了美感。“已觉春心动”也写得很妙，它既写出词人感受到春在动，春天来临了，同时也是词人游春、赏春的心在动，面对如此美景良辰，怎不引起敏感的词人一番感叹；怎不勾起词人对与丈夫往昔一起生活的回忆。

海棠不惜胭脂色，独立蒙蒙细雨中。

【出处】

选自宋·陈与义《春寒》。

【赏析】

这是一首托物言志诗，描绘了一幅春雨海棠图。诗中的海棠为诗人自喻，取其清高、俊雅之意。此时的南宋小朝廷已风雨飘摇，诗人慨叹时艰，故作

【汉宫春晓】卷 局部［清］院本 中国台北故宫博物院藏

【汉宫春晓】卷 局部 [清] 院本 中国台北故宫博物院藏 58-6

此诗。农历二月，气候变化无常，五日一风，十日一雨，一阵寒风过去，便下蒙蒙细雨。只见庭院之中，一株海棠，不惜污损胭脂之色，傲然挺立于蒙蒙细雨之中。这海棠既有美艳之姿，又有清高之操。诗人用了“不惜”、“独立”等字面，更表现了海棠与春寒斗傲的孤高绝俗的精神。诗人写的是海棠，不是松竹，也不是梅花，所以笔下所描绘的，不仅有孤傲的品格，而且有风流的雅致，与海棠的身份正相吻合。

白鸟飞来风满棹。收纶了，渔童拍手樵青笑。

【出处】

选自宋·张元幹《渔家傲·题玄真子图》。

【赏析】

以上三句，生动地描绘了渔家生活的无穷情趣。读者仿佛看到一群白鹭从远处飞来，斜风细雨吹刮满船。可是稳坐在小船上的渔翁，慢慢地把钓鱼的丝线收紧，猛地用力一提，一条跳动的大鱼被钓上来了。这时渔童和樵青都高兴地拍手欢笑。这首诗犹如一幅迷濛细雨的江面垂钓图，不仅反映了江南景色的诗情画意，也热情讴歌了词人向往的自由自在的渔家生活。

钓笠披云青嶂绕，绿蓑细雨春江渺。

【出处】

选自宋·张元幹《渔家傲·题玄真子图》。

【赏析】

这首词刻画了一个流连自然山水的渔翁形象，含蓄地传达出了词人自己不求功名利禄有意隐居的心意。此两句勾勒出一幅远山春水、渔翁独钓的优美图画。画面上，一位头戴斗笠、身穿蓑衣的渔翁，坐在一只小船上，悠然自得地在青山之间环绕、春雨绵绵的江上一望无际。反映了词人对悠闲生活的向往。

把酒送春春不语，黄昏却下潇潇雨。

【出处】

选自宋·朱淑真《蝶恋花》。

【赏析】

这首惜春词有问却没答，诗人用了拟人手法，将“春”作为少年青春而人格化。阴历三月末是春天最后离去的日子，古人有把酒浇愁以示送春的习俗。女词人依依不舍地“送春”，而“春不语”，却在黄昏时下起来潇潇细雨。一个“却”字，把“送春”与“潇潇雨”联系起来，仿佛这雨便是对“送春”的反应。这雨是春漠然而去的步履声呢，还是春无奈而去洒下的惜别之泪？耐人寻味。

三十功名尘与土，八千里路云和月。

【出处】

选自宋·岳飞《满江红》。

【赏析】

岳飞的《满江红》是一首气壮山河、传诵千古的名篇，抒发了岳飞洗雪国耻、重整山河的大无畏英雄气概。“三十功名尘与土”，回顾过去，自己虽已到而立之年，但对国家的贡献还很小，功名、事业犹如尘土，微不足道。这是作者谦逊之辞。“八千里路云和月”，是词人的励志之句，他已下定了决心，认为北伐战争虽然艰苦异常，道远任重，但自己还是要日夜兼程、披星戴月，准备打持久战，收复失地，赢得胜利。

欲将心事付瑶琴。知音少，弦断有谁听？

【出处】

选自宋·岳飞《小重山》。

【赏析】

这是岳飞爱国之情的委婉流露。当时词人身为主战派的主帅，受到了主和派秦桧等人的无情打击和迫害。因此在这里借用俞伯牙与钟子期的典故来表达自己处境孤危、缺少知音而深感寂寞的心情，同时也表现出自己壮志难酬的凄怆情怀，甚为沉郁。

好山好水看不足，马蹄催趁月明归。

【出处】

选自宋·岳飞《池州翠微亭》。

【赏析】

诗人的身世和经历无不向世人证明了他强烈的爱国精神。作者戎马倥偬一生，以“收复山河”为己任，“好山好水看不足，马蹄催趁月明归”，作者把自己军旅生活与大好河山从感情上联系起来，把感情抒发的重点移到对故国的爱恋上来，展示了诗人对祖国的深厚情谊，使人们看到了诗人对祖国美丽河山流连忘返的心境，从而表现了诗的主旨。

烟柳疏疏人悄悄，画楼风外吹笙。

【出处】

选自宋·李石《临江仙·佳人》。

【赏析】

这是一首恋情词，其一改往日写爱情之悲苦而为清淡、自然、愉快。词人一落笔就把佳人吹笙的环境、时间、地点依次点清。“烟柳疏疏”写吹笙的环境，柳线低垂，柳行疏落，在淡淡的月光中摇曳飐拂，故曰“烟柳”。“人悄悄”表示夜已深、人已静，为吹笙的时间。“疏疏”“悄悄”两叠字，构成了轻松、爽朗的情调。“画楼”乃佳人吹笙之处。这两句诗其实也可以看作是一幅佳人夏夜吹笙图。

雨意欲晴山鸟乐，寒声初到井梧知。

【出处】

选自宋·黄公度《悲秋》。

【赏析】

这是一首借景抒情诗，借秋景抒发了词人的忧国、忧世之心，格调高致。作者对秦桧的投降政策极为不满，“雨意欲晴”和“寒声初到”是自然气候的变化，又实中寓虚，隐喻政治气候的变化。诗人赋予“山鸟”“井梧”以人的性格，用带有喻意的艺术形象、抒情的笔调告诉人们：山鸟只是为目前的晴天而高兴，井边的梧桐却敏感地感到季节的变化。作者当时正处于宋金对峙的时代，那些沉湎于偏安局面的仅希求一时的和平与欢乐的权贵们不正像那些山鸟吗？惟有那些能看到隐伏危机苗头的关心国家命运的有识之士才是那井边的梧桐。

一千五百年间事，只有滩声似旧时。

【出处】

选自宋·陆游《楚城》。

【赏析】

这是一首凭吊古城楚城的抒怀之作。作于作者被谪又返亲的孝宗谆熙五年。从楚城建立到现在，时间已过了一千五百年，除了江上的“滩声”仍像一千五百年前那样“常如暴风雨至”而外，人间万事都不似旧时，“滩声”依旧响彻“楚城”，而“楚城”已不似旧时；滩声依旧响彻归州，而归州已不似旧时。陵变谷移，城荒猿啼，所有的一切，早已不同往昔，因而引起了诗人吊古伤今、抚今追昔的喟叹！

山重水复疑无路，柳暗花明又一村。

【出处】

选自宋·陆游《游山西村》。

【赏析】

原诗是首纪游抒情诗。上面两句诗写山间水畔的景色，写景中寓含哲理，千百年来广泛被人引用。读了如此流畅绚丽、开朗明快的诗句，仿佛看到诗人在青翠可掬的山峦间漫步，碧清的山泉在曲溪中汩汩穿行，草木愈见浓密，蜿蜒的山径也愈依稀难以辨认。正在迷惘之际，突然看见前面花明柳暗，几间农家茅舍隐现于花木扶疏之间，顿有豁然开朗之感。也可以想见诗人的兴奋之情状。

小楼一夜听春雨，深巷明朝卖杏花。

【出处】

选自宋·陆游《临安初雨初霁》。

【赏析】

这首诗是陆游听候皇帝召见，于西湖边的客栈里百无聊赖时所作。“小楼一夜听春雨，深巷明朝卖杏花”是陆游的名句，语言清新隽永。诗人只身住在小楼上，彻夜听着春雨的淅沥；次日清晨，深幽的巷子里传来了叫卖杏花的声音，告诉人们春已经深了。绵绵的春雨，由诗人的听觉中写出，而明丽的春光，则在卖花声里已经透出。陆游在这里虽然用了比较明快的字眼，但表达的却是诗人落寞的情怀和惆怅的心理。这样对比鲜明的写法，更突出了诗人的愁闷心情。

王师北定中原日，家祭无忘告乃翁。

【出处】

选自宋·陆游《示儿》。

【赏析】

这首诗是陆游弥留之际之作，也是他的最重要的遗嘱。诗人在他的有生之年，时时刻刻都以收复中原为念，到他写这首诗时知道再也不能实现这一愿望了。这不能不使他心怀沉痛之情，发出悲怆之音。但同时又满怀信心：坚信到最后一定有“北定中原”之日。反映了陆游至死也不忘收复失地的爱国情怀，诗的基调虽悲痛，但整首诗跳动着诗人那颗火热的爱国之心，并不显得低沉。

元知造物心肠别，老却英雄似等闲。

【出处】

选自宋·陆游《鹧鸪天》。

【赏析】

这首词写于陆游罢官家居时，全篇基调慷慨，用任情潇洒的笔触，含蓄表达了不能为国家效力的失意心情。“造物”，这里指赵宋王朝昏暗庸懦的君臣。“心肠别”，揭示他们以苟安求全为基本国策，以横征暴敛为享受基础。而冠以“元知”二字，乃是作者身处忧患、备受挫折的小结，含意极深。然而在这一基本国策的压制下，他的归宿只有“老却”，而造物对此却等闲视之，词人不免流露出了不满的情绪。

无意苦争春，一任群芳妒。

【出处】

选自宋·陆游《卜算子》。

【赏析】

这是一首咏梅词。词人以梅自喻，歌颂了梅花的坚忍毅力和高洁品格。同时也是词人“十年走万里”受投降派排挤的身世和“思为君王扫河洛”壮志未酬的心境的流露。“春”“群芳”隐喻当时的官场，表现了词人不愿同流合污的品格以及在黑暗的环境中坚持战斗的精神。

多情谁似南山月，特地暮云开。

【出处】

选自宋·陆游《秋波媚》。

【赏析】

这首词是陆游在南郑即目抒感之作，基调昂扬，抒发了词人抗金救国的壮志豪情。充分显示了作者的爱国乐观主义精神。作者在词中把无情的自然景物——南山之月赋予人的情感，并加倍地写成谁也不及它多情。多情就在于它和作者热爱祖国河山的情一脉相通，它为了让作者清楚地看到南山的面目，把层层的暮云都照开了。

关河梦断何处？尘暗旧貂裘。

【出处】

选自宋·陆游《诉衷情》。

【赏析】

这首词是陆游晚年的一首作品，抒发了词人壮志未酬的心情。我们联系原词中“当年万里觅封侯，匹马戍梁州”句，可以看到作者在当年是如何的意气风发，以为可以通过“匹马戍梁州”建功立业。“关河梦断何处”，从当年“觅封侯”到今日“关河梦断”，作者的雄心壮志化为一场梦幻，不但自己的远大抱负不能实现，而且自己也像当年苏秦一样，“黑貂之裘敝”，显示了自己落魄潦倒和无业无成。

此身合是诗人未？细雨骑驴入剑门。

【出处】

选自宋·陆游《剑门道中遇微雨》。

【赏析】

这首词是陆游由南郑调回成都经剑门关所作。在秋冬之季，“细雨”濛濛，作者骑驴回蜀，他自然容易想到此时此地的他已不是以前“铁马秋风大散关”的战地英雄，而是一个行走在微风细雨中的诗人。他不是去成都寻求个人安逸，而是不甘心以诗人终老。“此身合是诗人未？”，既是自问，也引起读者思索，再结以充满诗意的“细雨骑驴入剑门”，形象逼真，耐人寻味。

红酥手，黄縢酒。满城春色宫墙柳。

【出处】

选自宋·陆游《钗头凤》。

【赏析】

这是陆游的一首爱情词。是词人早期的一首作品。陆游和表妹唐婉被迫离异之后，在几年后一个春日，陆游心怀郁闷踽踽独游于沈园，恰遇唐婉，于是满怀伤感写下了《钗头凤》。上面三句词再现了陆唐久别重逢时的情景。“满城春色宫墙柳”既点明了相逢的时间、地点，又暗喻唐婉如宫墙内的杨柳，可望而不可及。“宫墙”二字使红（手）、黄（酒）、绿（柳）三种明艳的色彩顿时黯然，以往的爱人虽美丽依旧，却早已另适他人；美酒虽然芬芳醇香，却饱含二人的血泪；以明媚的春光之乐景更能衬托出词人内心的凄苦。

老子犹堪绝大漠，诸君何至泣新亭。

【出处】

选自宋·陆游《夜泊水村》。

【赏析】

老子：诗人自况；绝：横过。意为我还能横穿过大沙漠。“泣新亭”，在今南京市。据说东晋初年，从洛阳逃到江东的文士，空闲时常到新亭饮酒赋诗。他们谈到半壁河山沦亡，往往相对而泣。王导（当时做丞相）训斥他们：“我们应该齐心协力，光复神州，为什么要像囚犯一样哭泣？”因此，诗人借用这个典故，勉励大家振作起来，光复神州。

伤心桥下春波绿，曾是惊鸿照影来。

【出处】

选自宋·陆游《沈园》（其一）。

【赏析】

这是陆游对前妻唐婉的悲悼之作。是其五十年间所写的悼亡之诗中最杰出之作。“伤心桥下春波绿，曾是惊鸿照影来”是作者竭力寻找可以引起回忆的地方。他看到了“桥下春波绿”一如往日，感到似见故人。只是此景引起的不是喜悦而是“伤心”的回忆：“曾是惊鸿照影来”。四十四年前，唐婉恰如曹植《洛神赋》中所描写的“翩若惊鸿”的仙子，飘然降临于春波之上。她是那么婉丽温柔，又是那么凄楚欲绝，但现在一切早已无法挽回，那照影惊鸿已一去不复返了。然而只要此心不死，此“影”将永远留在心中。

何方化作身千亿，一树梅花一放翁。

【出处】

选自宋·陆游《梅花绝句》。

【赏析】

这首词在陆游众多的咏梅作品中别具一格。题是梅花，其意在人。词人为了能与梅花相亲，冒着清晨的寒风欣赏。词人忽然有了一个奇特的设想，极表其爱梅之心：有什么方法能把自己化为千万个人，让每一枝梅花之前都有一放翁呢？化身千亿，长在梅前，能与雪洁冰清的梅花心相印、意相通、语相接，则其人之高标绝俗，又跃然纸上。反过来，在百花园中，又有哪种名花能与时穷见节之士心迹相通？能无愧骨沁幽香、气傲寒雪之美？也许非梅莫属了。咏梅就是咏人，但咏人又需借以咏梅，品此诗，应当这样理解。

茅檐人静，蓬窗灯暗，春晚连江风雨。

【出处】

选自宋·陆游《鹊桥仙·夜闻杜鹃》。

【赏析】

这首词作于陆游中年时期，抒发了词人半生飘荡、功业无成的感慨。“茅檐人静，蓬窗灯暗”点明题目中的“夜”字。“春晚连江风雨”点明季节。“春晚”就是“晚春”，春天将尽的时候，“风雨连江”更加速了江畔百花的凋谢。夜深人静、春暮风雨，气氛非常浓重，有声有色，读者犹自凄然，更何况作者。

无声杨柳漫天絮，不雨棠梨满地花。

【出处】

选自宋·范成大《碧瓦》。

【赏析】

这两句描写了晚春典型的景象：落花遍地、柳絮飞扬。空中，杨柳飞絮，漫天飞舞；地上，梨花铺垫，洁白如雪。读者从诗人描绘的优美图画中，获得了赏心悦目的自然美的享受。阳春烟景，行将逝矣，为之奈何。这句诗看似景语，实则为感情至深的情语。一番风雨后，匆匆春归去，诗人以此暗喻南宋小朝廷偏安局面的岌岌可危。

小荷才露尖尖角，早有蜻蜓立上头。

【出处】

选自宋·杨万里《小池》。

【赏析】

这两句描绘的是一幅初夏蜻蜓落荷图。诗中景物，无不透着一个“小”字：小荷、尖尖角等，再加上诗题“小池”，通体小巧玲珑，天真妩媚。不待安排句法，只这些小巧天真的形象，已令人目悦神怡。新荷刚露出水面，睡眠未开，那小小的蜻蜓已自立于其上。一个“才露”，一个“早立”，前后接续，把蜻蜓和荷花相依相偎这一自然界的和谐情景形容尽致。无限生机，多少天趣，集中在这个聚光点上，照亮全诗。

多情也恨无人赏，故遣低枝拂面来。

【出处】

选自宋·杨万里《明发房溪》（其一）。

【赏析】

这是一首托物言志诗。诗人借路边山梅的多情和不被见怜来写照自己，但在诗人想象中，这正是寂寞开无主的山梅多情的表现，它多么希望有人赏识啊！句中用“多情”“恨”“故遣”等词，使山梅人格化，变成了有情之物。因此，在诗人的眼中，路边山梅与幽谷佳人或者怀才不遇的贤士其实是一致的，在拟人手法的作用下，达到相通的效果。

却是松梢霜水落，雨声那得此声清。

【出处】

选自宋·杨万里《明发房溪》（其一）。

【赏析】

这首诗从声、色、质等方面描写了松梢霜水的清韵。原诗首句先写天气的晴朗，次句突作意外的转折：“轿上萧萧忽雨声”，这就出现了波澜，构成了悬念，从而逗出了“却是松梢霜水落，雨声那得此声清”。抬头仔细观察，这“雨声”原来并非自天而降，而是从松梢滴落，这才知道，适才的“雨声”乃是松梢凝霜融化后滴落的霜水声。霜既洁白晶莹，松梢也是清洁无尘，松梢上的霜水自然极“清”，诗人就在这平淡的叙述中将霜水的纯美展现了出来。

接天莲叶无穷碧，映日荷花别样红。

【出处】

选自宋·杨万里《晓出净慈寺送林子方》。

【赏析】

这两句描绘了一幅西湖六月风光图：满湖荷叶、荷花，一直铺到水天相接的远方，在朝阳的辉映下，无边无际的碧绿与艳红真是好看极了！但对于这后两句诗的理解，不可忽略的是彼此间的互文关系，也就是说，在文义上是交错互见的：莲叶接天，荷花当然也是接天的；荷花映日，莲叶当然也是映日的。同样道理，莲叶既无穷又别样，荷花自然也别样又无穷。

瘦蝉有得许多气，吟落斜阳未肯休。

【出处】

选自宋·杨万里《暮热游荷池上》（其一）。

【赏析】

这首诗描写的是常州的夏天。暑热难耐，他抱怨那“矮屋炎天不可居”，面对那“一叶不摇风寂然”闷热难堪的环境，诗人渴望找到一个清凉一点的地方，于是就走了出来，他看到的是残阳荷池，听到的是蝉鸣，这在传统诗歌里已是普遍的意象了。但诗人却异想天开地对蝉提出了一个妙不可言的问题：你这瘦小的家伙，哪儿来这么大的力气，太阳都给你叫下去了，你还不肯罢休？蝉儿究竟有多少力气，这是谁也没有注意、谁也没有想过的问题。这一瞬间的独特感受，诗人却敏捷地抓住了它，并脱口而出，把它提了出来，使读者的思维也随之活跃起来。

问渠那得清如许，为有源头活水来。

【出处】

选自宋·朱熹《观书有感》（其一）。

【赏析】

这首诗本要讲的是为学的大道理，肯定会有说教的痕迹，但作者却另辟蹊径，从自然界和社会生活中捕捉了形象，让形象本身说话。要问方塘里的水为什么如此清澈，那是因为这方塘不是无源之水，而是有不枯竭的源头，源源不断地为它送来活水。由于有“源头活水”不断注入，所以“方塘”永不枯竭、永不陈腐、永不污浊、永远深且清，这个意境所展现出的形象很容易让人想到学习上的事来，诗人便也得到了预期的效果。

梨花风动玉阑香，春色沉沉锁建章。

【出处】

选自宋·武衍《宫词》。

【赏析】

这是一首宫词，词人以乐景对比哀景，从而描写宫女被禁锢的悲哀和渴望自由而不可得的怨恨之情。“梨花风动玉阑香”，这是描写春天万紫千红，可是宫苑里却“春色沉沉”，一片沉寂，只有雪白的梨花飘舞于阑干阶砌，更显得宫禁之凄凉。建章，汉宫名，后泛指宫阙。“春色”是妙语双关，既指自然美景，也喻指宫女的青春。一个“锁”字，就把大自然一切的美好给关住了，不仅锁住了满庭春色，也锁住了宫女的花样年华。

七八个星天外，两三点雨山前。

【出处】

选自宋·辛弃疾《西江月·夜行黄沙道中》。

【赏析】

这两句诗描写的是雨来前的景象。大凡有过夏雨经历的人，都知道先是稀疏几点，而后才是急雨。上句是写夏雨来前，天空已起了乌云，在云层之外很远很远的边际只看见七八颗星星。从语言的组合形式来说，“七八个”“两三点”，给人以虚疏的感觉，而“星”“雨”又像是矛盾的，这就构成了一种淡远奇特的境界，给人以深刻的印象。雨对夜行人无疑是一个威胁，写雨之来，已暗示出夜行的焦急。

东风夜放花千树，更吹落，星如雨。

【出处】

选自宋·辛弃疾《青玉案·元夕》。

【赏析】

这两句描绘了元宵佳节满城灯火、游人如云、彻夜歌舞的热闹场面。“东风夜放花千树，更吹落，星如雨”运用夸张和比喻，展示出了一幅火树银花、斗艳争奇的瑰丽画面。“花千树”“星如雨”，形容五光十色的彩灯缀满街巷，不计其数，好像一夜之间被春风吹开的千树繁花一样；又如满天星斗被风吹落，似万滴晶莹的水珠洒在夜空。这两句虽是化用了岑参的“忽如一夜春风来，千树万树梨花开”二句，但是用来修饰元夕佳节的灯会亦很恰当。

众里寻他千百度，蓦然回首，那人却在，灯火阑珊处。

【出处】

选自宋·辛弃疾《青玉案·元夕》。

【赏析】

这几句与“踏破铁鞋无觅处，得来全不费功夫”有相同的意思。主人公焦急地寻觅着意中人，无奈却到处找不到，最后猛一回头，却在灯火稀落的僻静之处。惊喜之情，溢于言表。但是，对这样一个千呼万唤始出来的“那人”，作者没有任何描写，只是指她“却在灯火阑珊处”。然而，恰恰是这“阑珊”二字，把那人的超凡出尘、不同流俗的形象凸现出来。高洁自持，不愿随波逐流，也许就是作者所追求的一种精神境界，是作者自我人格的艺术塑造。全词以和婉的笔调、优美的意境收束，情韵深长，引人入胜。

明月别枝惊鹊，清风半夜鸣蝉。

【出处】

选自宋·辛弃疾《西江月·夜行黄沙道中》。

【赏析】

这首词描写的是一个月光皎洁的夏夜，词人行走在江西上饶黄沙岭途中，所看到的乡村景物及其所感受的情绪。明亮的月光，照着那树枝上巢里的乌鹊，使它们都惊动起来。鹊惊时常啼，这里不说啼而啼自闻。这是一种很细致的写实，凡是在乡村的夜里见过这种景象的人都有所体会。乌鹊对光线的感觉是很灵敏的，它们在黑夜中一遇到明亮的光线时，往往乱飞乱啼。下句的“半夜鸣蝉”，大概是清风吹动树梢，惊醒了蝉儿，或是惊鹊飞起惊动了它，蝉儿也声声相应地叫了起来。半夜时刻，清风吹拂，惊鹊飞啼，蝉儿长鸣，是多么有趣、让人难忘的夜晚啊！

青山遮不住，毕竟东流去。

【出处】

选自宋·辛弃疾《菩萨蛮·书江西造口壁》。

【赏析】

这两句的字面意思是：青山是遮不住流水的，凭它怎样阻拦也挡不住东流的一涧春水。青山虽然遮住了人们仰望中原故都的视线（“长安”是借指北宋都城汴京），却挡不住赣江奔腾向前的流水。作者把大江东去比作不可抗拒的历史潮流，以此来说明抗战的意志不可阻挡。在作者眼里，那青山显然是可恶的金兵，而那涛涛江水便是复国报仇力量的象征。

城中桃李愁风雨，春在溪头荠菜花。

【出处】

选自宋·辛弃疾《鹧鸪天·代人赋》。

【赏析】

这是词人在带湖闲居时写的一首农村词。在“城中桃李愁风雨，春在溪头荠菜花”句中，作者将城中桃李与农村野荠菜作对比：城里的桃花、李花生怕风吹雨打、飘零殆尽，因而老是发愁；而农村的野荠菜，却生机旺盛、欣欣向荣地迎着春风，把白色花朵开遍溪头，明媚的春光只有在这里充分地显露出来。表面上看这两句是在写景，实际上却有着象征意义，含蓄地点出了这首词的主题。赞美乡村比城市有生气，在朝廷上做官，享受荣华富贵，就像桃花、李花那样娇弱，经不起风雨打击，经常担惊受怕；倒不如在农村里闲居，自由自在，才是有生命力的。如果把这首词与词人所处的时代背景和身世做一关照，便知这首词虽作于罢官之后，但并没有从中流露出丝毫的忧愁，从而反映了词人的乐观与豁达。

倩何人唤取，红巾翠袖，揾英雄泪。

【出处】

选自宋·辛弃疾《水龙吟·登建康赏心亭》。

【赏析】

词人登上赏心亭，思绪万千，深感英雄迟暮、壮志难酬。那一颗以收复失地为平生事业的心，深刻体现了作者对国家命运和中原失地的关怀，在沉重的悲愤中发出了“倩何人，唤取红巾翠袖，揾英雄泪”之感。这是一个胸怀大志而沦为下僚的英雄人物，面对国事艰危，不免热泪盈眶，抒发了英雄报国无门的慨叹。这慨叹是和国家民族命运联系在一起的。因此，它给读者的印象更多的是激动而不是伤感，具有极强的感染力，至今读来仍动人心魄。

楚天千里清秋，水随天去秋无际。

【出处】

选自宋·辛弃疾《水龙吟·登建康赏心亭》。

【赏析】

这首词描写了南宋小朝廷偏安一隅、不思收复失地的情况，抒发了词人壮志难酬的郁闷心情。作者登上赏心亭（今南京）远望，一目千里。天高云淡的秋天是多么空旷开阔啊，滚滚的长江向天边流去，更是一望无际。上句从四周景况落笔，极写江天的辽阔；下句视线慢慢集中到江水上去，极写秋色之无边。这两句是写景，把深广、开阔、爽朗的清秋写得很到位，为下文抒发感慨奠定了基础。

稻花香里说丰年，听取蛙声一片。

【出处】

选自宋·辛弃疾《西江月·夜行黄沙道中》。

【赏析】

词人的想象很丰富，设想了一个丰收的热闹气氛和欢乐的心情。看，那清凉的南风送来了一阵阵的“稻花香”和一片片热闹的蛙声，像是在诉说丰收年景一样。这是一个多么充满诗意的设想啊！作者将蛙拟人化了，写蛙懂得“说丰年”，既生动地渲染了连蛙也为之欢唱的丰年景象，使之更为突出鲜明，同时也衬托出人逢丰年的喜悦。

想当年，金戈铁马，气吞万里如虎。

【出处】

选自宋·辛弃疾《永遇乐·京口北固亭怀古》。

【赏析】

这是一首凭吊怀古词，它高度评价了宋武帝的雄才伟略，同时亦批评了宋文帝的轻敌冒进以致最后失败的史事，两相对比更能让人吸取历史经验与教训。在此，词人是借古事来讽今朝，这两句便是对刘裕统率雄师北伐、势如下山猛虎终成一代霸主的赞扬。

醉里吴音相媚好，白发谁家翁媪？

【出处】

选自宋·辛弃疾《清平乐》。

【赏析】

此词作于闲居江西上饶带湖之时，此时词人已罢官闲居在家。离开了险恶的仕途，他暂时从淳朴的、和谐的田园生活里觅得了安慰。此句写白发老农，先闻其声，再出其人。吴侬野语，醉里欢容，柔和乡音，饱含着亲切朴素的家人夫妇之情，也暗示着单纯恬淡的自给自足之乐。那普通农户家的白发翁媪惺惺相惜之情，尽在那相媚好的吴音中了。

醉里挑灯看剑，梦回吹角连营。

【出处】

选自宋·辛弃疾《破阵子·为陈同甫赋壮词以寄》。

【赏析】

这首词是作者闲居江西带湖时所写。作者在南渡的近三十年中，梦寐以求的就是能够指挥百万雄师，收复失地，建功立业，而直到两鬓斑白也没实现。这是他给主战派陈亮的一首词，正表达了这种复杂的思想感情。词人在喝醉酒的时候，还拨亮灯火，深情地端详自己心爱的宝剑，在迷离恍惚的醉态中，英雄黯然入梦，在梦中，各军营里连续响起了雄壮的军号声。无论是词人醉酒后的神态与动作还是睡梦里的情景，都和战争相关，更不要说在他清醒时的白日里了，肯定整日想的也是去收复失地，建功立业。

长记曾携手处，千树压，西湖寒碧。

【出处】

选自宋·姜夔《暗香》。

【赏析】

这是一首艳情词，读来之所以冷硬是因为词人用了有关历史的典故。其从不同的角度来描写梅花的特色，从而寄托自己对情人的怀念。“长记曾携手处”即指宋代杭州西湖孤山上的一片梅林，梅花盛开时，笼罩着寒凉碧绿的湖水。碧波荡漾，好像花山摇动要倾压下来。在原词里，姜夔写出了梅花“清冷”的气质。

数峰清苦。商略黄昏雨。

【出处】

选自宋·姜夔《点绛唇·丁未冬过吴松作》。

【赏析】

这是一首借物抒怀词，写于词人经过吴淞之时。这两句是写雨意酣浓垂垂欲下之江南烟雨风景。在黄昏时分，几座清寂的山峰相对而立，酿造着一天的雨意，为读者展现开了一个无限凄苦的境界，流露出了词人对南宋小朝廷前途黯淡的伤感。

经典国学口袋书

01 周易
02 道德经
03 庄子
04 论语
05 孟子
06 大学·中庸
07 孙子兵法
08 三十六计
09 百战奇略
10 六韬·三略
11 山海经
12 左传
13 战国策
14 史记·本纪
15 史记·世家
16 史记·列传
17 汉书
18 后汉书
19 三国志
20 吕氏春秋
21 资治通鉴
22 中国通史
23 中华上下五千年
24 贞观政要
25 中国古代文化常识
26 中国古代名言警句
27 徐霞客游记
28 容斋随笔
29 金刚经
30 忍经·劝忍百箴
31 忠经·孝经
32 智囊
33 梦溪笔谈
34 本草纲目
35 黄帝内经
36 菜根谭
37 小窗幽记
38 颜氏家训
39 围炉夜话
40 曾国藩家书
41 诗经
42 楚辞
43 古诗
44 唐诗三百首
45 宋词三百首
46 元曲三百首
47 千家诗
48 豪放词
49 婉约词
50 世说新语
51 笑林广记
52 古文观止
53 唐宋八大家散文
54 诸子百家名句赏析
55 四书五经名句赏析
56 二十五史名句赏析
57 古代散文名句赏析
58 古代诗词名句赏析
59 红楼梦诗词名句赏析
60 阅微草堂笔记
61 闲情偶寄
62 三字经·百家姓
63 幼学琼林
64 声律启蒙·弟子规
65 千字文·增广贤文
66 对联
67 俗语
68 谚语
69 歇后语
70 格言联璧
71 中华寓言故事
72 中华典故故事
73 中华成语故事
74 中国十大喜剧故事
75 中国十大悲剧故事
76 中国皇帝传
77 中国皇后传
78 中国宰相传
79 中国将帅传
80 白话聊斋

三秦出版社

地处周秦汉唐千年古都西安的三秦出版社，建社30多年来始终以弘扬和传播优秀传统文化为己任，依托三秦大地无比丰厚的历史文化积淀，出版了大批特色鲜明、极具文化传承价值的精品图书，创造了良好的社会效益和经济效益。为顺应构建全民阅读时代、建设书香社会的需求，我社经充分调研策划，从浩如烟海的国学宝库中精心遴选，编辑出版了“中华经典国学口袋书”系列丛书，包含经史子集、诗词曲赋、笔记信札、经典名句等80部精品佳作，内容精粹，外观精美，便于携带，定会为您居家出行增添颇多书香雅趣。